BOOKCLUB 57

Gabriella Dal Lago **Uto e Gesso**

66THAND2ND

progetto grafico di copertina
Francesco Sanesi

illustrazione di copertina
Lydia Hill

composizione tipografica
Cycles di Sumner Stone
Linotype Univers di Adrian Frutiger

ISBN 978-88-3297-225-2

Settembre, 1997

Era iniziata come iniziava sempre: l'uomo che chiudeva la portiera dell'auto, si allacciava la cintura e con le mani sul volante esclamava, «Pronte per la nostra vacanza *on the road?*», la donna che rideva di quell'espressione. Era iniziata così, anche se quella non era stata una vera e propria vacanza, ma una gita della domenica. Nonostante si definissero «tipi da montagna», avevano deciso di fare uno strappo alla consuetudine e andare con la bambina a respirare un po' di aria di mare. Avrebbero voluto portare solo l'indispensabile: un telo per sedersi sulla spiaggia, due romanzi e un libro di stoffa che la bambina amava sfogliare, soffermandosi sulle figure di animali affaccendati in occupazioni umane come andare a dormire, fare un picnic, lavarsi i denti. Questo avrebbero voluto portare; ma sulla soglia di casa la bambina si era presentata con una valigetta di plastica tra le mani, una valigetta con disegnati su entrambi i lati due bimbi paffuti, intenti a premere PLAY su un mangiacassette colorato da cui usciva una nuvoletta con scritto dentro TI RACCONTO... LE PIÙ BELLE FIABE DEL MONDO DA ASCOLTARE, e aveva comunicato che avrebbe portato con sé anche quella. Loro non avevano avuto cuore di controbattere, pronti a sentire per l'ennesima volta la storia di Pollicina, o dei Tre orsi, o magari di Pinocchio. Non aveva importanza: allora si identificavano con convinzione nell'etichetta stucchevole di famiglia felice. Capitava che mentre lui guidava, la mano della donna andasse a sfiorare la sua, appoggiata sul cambio. L'uomo era felice, la donna era felice. E più di tutti, la bambina era felice. Seduta sul seggiolino, con un berretto bianco in testa per proteggersi dal sole, aveva tre anni. Si era addormentata quasi subito, cullata dalle vibrazioni della macchina in autostrada.

Avevano lasciato l'auto in un parcheggio non custodito a pagamento, molto vicino alla passeggiata, avevano camminato verso la spiaggia tenendo a turno la bambina, che non si era svegliata al loro arrivo. Sul lungomare, alcuni anziani erano seduti sulle panchine accanto alle badanti; una coppia vendeva braccialetti fatti con le conchiglie, un signore di mezz'età esponeva libri usati sulla propria bancarella. Una ragazza giovane, con i capelli legati in una coda di cavallo strettissima, armeggiava intorno a un vecchio carretto dello zucchero filato montato sulla parte posteriore di un'ape azzurra parcheggiata a ridosso dei tavolini di un bar.

Era consentito parcheggiare un'ape nell'area pedonale? L'uomo e la donna non si erano posti la domanda ed erano semplicemente passati oltre.

Avevano steso il telo sulla spiaggia libera, a pochi metri dal bagnasciuga, dove la sabbia era ancora umida. La bambina, finalmente sveglia, si era messa a correre su e giù per la battigia, raccogliendo sassolini colorati e pezzi di conchiglie. Gli stabilimenti balneari che spuntavano a lato di quel lembo di spiaggia erano sul punto di chiudere per l'inverno: le file di ombrelloni si erano dimezzate, e pochissime persone occupavano le sdraio rimanenti. La temperatura era scesa drasticamente; era fine settembre.

All'ora di pranzo erano risaliti dalla spiaggia e si erano fermati in un bar sul lungomare: avevano occupato un tavolino all'aperto, ordinato tre toast, due birre e del gelato alla crema per la bambina, che si era sporcata tutta la faccia bevendo il rimasuglio sciolto sul fondo della coppa di vetro. Il gelato era stato l'unica cosa che l'aveva distratta dallo zucchero filato che aveva adocchiato di ritorno dalla spiaggia: mentre pescava con il cucchiaino la crema gialla sembrava completamente dimentica del carretto che ronzava a pochi metri da loro.

L'uomo e la donna stavano aspettando i caffè quando l'esplosione li aveva investiti. I due bicchieri da 40 cl erano andati in frantumi: la birra che la donna aveva avanzato si era rovesciata sulla tovaglia. La bambina, dopo un attimo di spaesamento, era scoppiata a piangere. L'uomo e la donna si erano guardati senza riuscire a parlare, mentre si alzava un fischio prolungato e intenso che copriva tutti i suoni – o forse era dentro le loro orecchie e gli impediva di registrare il rumore della corsa del gestore del bar che si era lanciato in direzione del carretto dello zucchero filato, o le grida che si levavano dalla strada. Poco distante, a una ventina di metri dal tavolo a cui erano seduti, l'ape azzurra su cui era montata la macchina dello zucchero filato si riconosceva a stento; il fumo si stava diradando, mostrando un ammasso di lamiere. Avevano distolto lo sguardo quando sopra al fischio avevano sentito le sirene di un'ambulanza.

Non si erano avvicinati; non avevano neppure provato l'istinto di accorrere in aiuto. Si erano anzi alzati in fretta, spingendo le sedie indietro; l'uomo aveva preso la bambina da sotto le ascelle, mentre lei piangeva sempre più forte, singhiozzando e facendo quei versi come se si stesse strozzando col suo stesso muco, con la saliva e le lacrime. Erano scappati via.

Forse camminando rapidi verso il parcheggio si erano chiesti se la ragazza dello zucchero filato sarebbe morta. Forse avevano pensato che lo fosse già. Forse quella da cui stavano scappando non era la possibilità della morte, ma la sua certezza.

In auto avevano acceso la radio ed era partita la cassetta che avevano messo su all'inizio del viaggio d'andata, per i pochi minuti in cui la bambina era stata sveglia. Era quella della storia dell'imperatore vanitoso che si fa confezionare un abito fatto di un tessuto magico. La donna aveva guardato attraverso lo specchietto retrovisore il corpo della bambina adagiato sul seggiolino, stretto tra le cinghie che disegnavano una croce sul petto. Da quando aveva smesso di usare il ciuccio succhiava il pollice per addormentarsi; la donna temeva che i denti le diventassero storti e la pelle del dito si consumasse all'altezza del morso. Avrebbe voluto sgridarla, ma aveva preferito non svegliarla: non voleva che si mettesse di nuovo a piangere. Distratta, non aveva tolto la cassetta dall'autoradio e la storia si era interrotta quando il lato A era arrivato alla fine. Né la donna né l'uomo avevano provveduto a cambiare lato, e perciò l'abitacolo era rimasto immerso nel silenzio. L'unico rumore era quello prodotto dall'uomo, che tirava su col naso come se stesse per starnutire e volesse trattenere lo starnuto. La donna, sospirando spazientita, aveva cercato nella borsa un pacchetto di fazzoletti, ne aveva preso uno e glielo aveva passato. Con una mano, l'uomo si era soffiato il naso, aveva appallottolato il fazzoletto e l'aveva lasciato cadere sulle gambe. Le vibrazioni dell'auto avevano sospinto in modo impercettibile eppure con costanza il fazzoletto appallottolato giù dalla coscia dell'uomo facendolo cadere, e così era andato a incastrarsi in una zona d'ombra tra il sedile e il cambio manuale, dove sarebbe rimasto per un tempo imprecisato. Al di fuori del fazzoletto, nell'abitacolo dell'auto ogni cosa era immobile, e dentro quell'immobilità le mani dell'uomo e della donna non si cercavano.

Avevano sbagliato uscita e proprio mentre si immettevano nella rotonda per rientrare in autostrada l'uomo aveva parlato.

«Non abbiamo pagato il conto».

Tre toast facevano in tutto 5000 lire; le due birre medie costavano 2500 lire ciascuna. Il gelato alla crema, 3000. L'esplosione aveva cancellato i prezzi della Riviera ligure, lo scontrino fiscale che non era mai stato battuto dal gestore del bar, corso verso il luogo dell'incidente. L'uomo e la donna si erano messi a ridere: la tensione che fino a quel momento li aveva trattenuti dal parlare si era dileguata dai finestrini leggermente abbassati.

Arrivati sotto casa, la donna aveva slacciato le cinture che tenevano la bambina legata al seggiolino, e cercando di non svegliarla l'aveva presa in braccio. Aveva recuperato la borsa con dentro telo e libri e la valigetta di plastica con le audiocassette. L'uomo era ripartito alla ricerca di un posteggio lasciando la donna sotto casa ad armeggiare con una mano nella borsa, mentre con l'altra sosteneva il corpo della bambina, la bocca socchiusa nel sonno che le lasciava un rivolo di saliva sulla spalla. Quando l'uomo era tornato a casa aveva trovato la donna sul divano, i piedi liberi dalle scarpe e le mani giunte, la testa reclinata all'indietro e gli occhi chiusi; la bambina dormiva nella sua stanza. Si era seduto sul divano pure lui e si era appisolato con la testa poggiata sulla spalla di lei.

Poi era accaduta una cosa strana, che la donna e l'uomo avevano dimenticato l'esplosione e avevano ricordato solo il furto. Senza pianificarlo, senza dirselo, la storia di quella gita al mare si era trasformata nella storia del giorno in cui erano diventati due ladri. L'avevano raccontata per anni così agli amici, avvicendandosi in una recita che prevedeva pause, scoppi di risa, gesti, tempi comici. Anche la bambina, crescendo, aveva iniziato a credere ciecamente a questa versione, sebbene ogni tanto, di notte, il ricordo dell'esplosione le fosse tornato in sogno.

A poco a poco, la figura della ragazza dello zucchero filato era sbiadita nella loro memoria, sbiadita fino a scomparire, senza lasciare neppure il sospetto di essere stata reale.

Dopo

La notizia sarebbe arrivata per prima al giovane giornalista di cronaca nera che, sintonizzato sulle frequenze radio della polizia, si sarebbe scosso dal torpore in cui era entrato, la sigaretta ancora accesa in mano, e avrebbe preso nota dei dettagli: ragazzo scomparso, squadra di ricerca impegnata per quasi due giorni a perlustrare la montagna, grande nevicata, corpo ritrovato non troppo distante dall'autostrada ma ben nascosto dal bosco.

A quei dettagli se ne sarebbero aggiunti altri, più precisi: il racconto delle operazioni di ricerca, qualche accenno a una presunta storia clinica complicata, alcuni dati biografici, tra cui nome e cognome del ragazzo. L'articolo, scritto in una manciata di minuti, sarebbe finito sulle pagine di cronaca locale, un taglio basso con una fotografia raffigurante un tratto di autostrada innevata che non corrispondeva al luogo in cui realmente si erano svolti i fatti.

Il giovane giornalista, di cui sarebbero apparse solo le iniziali (G.V.), avrebbe ricevuto un compenso di venti euro lordi, una miseria se paragonato al costo del master in Giornalismo frequentato negli anni subito successivi alla laurea triennale in Scienze della comunicazione. Poco male però, avrebbe comunque pensato: il pezzo sarebbe uscito su carta, e non su una di quelle orrende testate online con cui collaborava per una paga ancora più misera.

Il giornale sarebbe andato in stampa di notte, sfilando sui rulli; l'inserto della cronaca locale sarebbe stato inserito nelle pagine nazionali, poi un macchinario avrebbe piegato le copie che, organizzate in pile, sarebbero state chiuse con delle fascette di nylon e caricate sui camioncini che si sarebbero occupati della distribuzione.

Quel pezzo di cronaca nera sarebbe stato notato da una piccola percentuale dei lettori del quotidiano; quasi tutti si sarebbero soffermati velocemente sulle poche righe di ricostruzione. Poi, nei giorni seguenti, avrebbero espunto dalla propria memoria la notizia, sostituendola con informazioni nuove, morti illustri, preoccupazioni legate all'economia, litigi tra esponenti della maggioranza di governo.

Alcuni (pochi, per la verità) si sarebbero indignati per la scelta di pubblicare per esteso i dati anagrafici del ragazzo morto nella neve.

Il quotidiano sarebbe approdato anche sul bancone di qualche bar, e un po' di persone si sarebbero imbattute nella notizia durante la colazione, scorrendo le pagine e sbocconcellando un croissant che avrebbe lasciato residui tra le pieghe della carta. Tra questi: una signora sensibile sulla sessantina che avrebbe provato un vuoto allo stomaco pensando che quel ragazzo avrebbe potuto essere suo figlio; un professore di matematica che avrebbe riconosciuto in quel nome e cognome un suo studente di parecchi anni prima; un ex collega del padre del ragazzo che si sarebbe interrogato sull'opportunità o meno di contattarlo per porgergli le condoglianze; e, in particolare, un quattordicenne con l'abitudine di arrivare davanti al portone del liceo con parecchio anticipo e di stazionare nel bar di fronte fino al suono della campanella (bevendo cappuccino e sfogliando le pagine del giornale per evitare il contatto visivo con eventuali compagni a cui non avrebbe saputo cosa dire), che sarebbe inciampato nel taglio basso della cronaca locale e ne sarebbe rimasto ossessionato per mesi, cercando compulsivamente su Internet e sui social informazioni su quel ragazzo che nella foto profilo di Facebook appariva in campo lungo, con una tuta da sci, mentre salutava in direzione della macchina fotografica, il volto coperto per intero dagli occhiali da sole e da una sciarpa che gli arrivava fin sopra al naso.

In un'edicola di un paese di montagna, lo stesso paese di montagna che l'articolo avrebbe indicato come il luogo da cui il ragazzo e suo fratello stavano tornando dopo una cena, un uomo avrebbe comprato tutte le copie per farle sparire dalla vista della donna che amava e che da giorni non trovava la forza di alzarsi dal letto.

Nel luogo in cui questa storia aveva trovato il suo compimento, il bar di una stazione di servizio lungo un'autostrada innevata, una ragazza avrebbe riposto le copie del quotidiano arrivate con il camioncino all'alba, le avrebbe ordinate negli espositori accanto alla cassa. Ne avrebbe poi presa una, indecisa se aprirla, se andare in cerca dell'inserto di cronaca locale, incappare in quel taglio basso scritto da un giovane giornalista pagato venti euro lordi che, senza esserne davvero consapevole, avrebbe consegnato ai vivi il racconto dei morti, avrebbe assegnato loro il ruolo di custodi dei fantasmi.

Emma

La radio è accesa, e l'annunciatore del meteo sta parlando; è prevista neve per la notte, molta più di quei due fiocchi che già sono iniziati a cadere sul parabrezza dell'auto, scacciati via dai tergicristalli che a ritmo regolare puliscono il vetro. Si temono rallentamenti sull'autostrada, possibili chiusure di tratti: viene raccomandata a chi si metterà in viaggio la massima prudenza. L'uomo e la ragazza sono seduti uno accanto all'altra; lui guida tenendo le mani sulla parte bassa del volante, lei guarda fuori dal finestrino del passeggero. Hanno ventidue anni di differenza: la ragazza è la figlia, l'uomo è suo padre. Appena inizia, il ticchettio della freccia a destra la fa sobbalzare un poco, mentre la macchina si sposta fino a immettersi nella corsia che dall'autostrada conduce alla stazione di servizio. L'uomo parcheggia l'auto in uno dei tanti posti liberi, a cavallo tra due righe bianche: le undici di sera e non c'è un cane in quel posto, neppure sotto la tettoia che ripara le pompe di benzina, neppure a fumare vicino a uno dei camion fermi nell'area di sosta. Probabilmente, dentro quei camion, alcuni autisti consumano le poche ore di sonno a cui sono obbligati fra una tratta e l'altra per non schiantarsi contro un guardrail, sfondarlo e precipitare lungo il fosso che separa l'autostrada dal terreno circostante. Le undici di sera, e non c'è un cane.

«Svizzero, come sempre» dice la ragazza, controllando l'orologio da polso che tiene incastrato sotto un guanto. L'uomo non spegne il motore per preservare il calore che si è creato nell'abitacolo, ma disattiva la sicura delle portiere. «Davvero non vuoi che ti accompagni dentro?» le chiede. Le viene da ridere per quella premura, ma non sarebbe poi così strano, riflette, che nonostante i suoi ventidue anni venisse scortata non solo davanti al suo posto di lavoro, quel posto nel bel mezzo del nulla, ma addirittura dentro, dietro il bançone, al di là di una fila di gratta e vinci appesi a mezz'aria e delle tazzine sporche che la ragazza del turno precedente non si sarà presa la briga di ritirare, vicino all'acquaio in cui la attendono cucchiaini da sciacquare, bicchierini per il seltz da passare appena sotto il getto d'acqua e asciugare con un panno, facendo attenzione agli aloni. «Eddai, mica c'è bisogno» gli dice in un modo che sembra un po' una presa in giro, e questo le dispiace. Lui tira su col naso, un po' per il freddo e un po' per colpa di quel raffreddore cronico che pare affliggerlo da tutta la vita; la ragazza si ricorda di quando sua madre si incazzava, «E soffiati 'sto naso» gli diceva, mentre lui tirava su così forte che lei, bambina, si immaginava il catarro arrivare fino agli occhi, salire su al cervello e stagnare lì in pozze verdastre. Era una cosa che la faceva «uscire pazza», diceva sua madre. Era molto prima che se ne andasse senza più tornare. C'erano state notti in cui aveva dato la colpa della scomparsa della madre a quel vizio del padre, e pensava che tutto quel dolore non ci sarebbe stato se solo lui avesse usato un fazzoletto.

Si cala il cappellino sulla fronte, fino a coprire tutta la spessa frangetta nera: da quando li ha tinti, la consistenza dei suoi capelli è cambiata, così come la tendenza a sporcarsi, a diventare unti alla radice e rimanere secchi sulle punte. Poi apre la portiera del passeggero: fuori, in lontananza, ulula una bufera di neve.

«Grazie, pa'» gli dice, prima di richiudere la portiera.

«Ci vediamo domattina, alle sei. Svizzero» risponde lui, e le sorride. La ragazza lo guarda attraversare lo spiazzo vuoto, passare oltre le pompe di benzina, immettersi nell'autostrada buia.

C'era stato un tempo in cui al lavoro ci era andata anche da sola, con quella stessa auto che ora era il padre a guidare, una vecchia Peugeot familiare che compariva in ogni foto delle loro vacanze insieme, tutti e tre appoggiati al cofano dell'auto con gli occhi rivolti all'obiettivo della macchina fotografica sistemata sopra un cavalletto e Gianni, il Golden retriever che avevano preso quando lei aveva dieci anni. Una foto di rito che accomunava tutte le loro vacanze on the road, quell'espressione che faceva morire dal ridere sua madre quando il padre la pronunciava ad alta voce, «Pronte per la nostra vacanza on the road?» diceva, e lei ogni volta si metteva a ridere. A cambiare in quelle foto tutte uguali era solo il paesaggio sullo sfondo.

Dentro il bar della stazione di servizio, la situazione non è più vivace di quella che l'ha accolta fuori. Nessun cliente appoggiato al bancone, nessuno seduto agli sgabelli alti accostati ai tavoli rotondi dove sono rimaste tracce di panini consumati all'ora di cena, nessuno nelle corsie che vendono specialità regionali e accessori per l'auto, romanzi mainstream e prodotti per l'igiene intima. Nessun dipendente al bancone del bar: Serena ha smontato dal turno in anticipo, cinque minuti di bonus che ha deciso di attribuirsi in nome della sua anzianità, quindici anni passati a servire caffè a chi viaggia sull'autostrada. Dietro la cassa Giulia, assunta da una decina di giorni, aspira il fumo da una sigaretta elettronica, mentre sfoglia con estrema cura una rivista che ha preso dal reparto Giornali e Riviste e che rimetterà a posto prima di chiudere cassa, senza sgualcirla e senza pagarla, come nuova. Quando la sente entrare dalle porte scorrevoli non alza la testa ma sventola una mano nella sua direzione; la ragazza la saluta, poi si infila nello spogliatoio dei dipendenti, una porta vicino a quella del bagno con l'avviso ACCESSO CONSENTITO SOLO AL PERSONALE. In un armadietto ha lasciato la sua divisa: una polo con il colletto rosso, un maglione blu, il cartellino con scritto Emma. Emma è il suo nome. Lo cerca sulla tabella dei turni, mentre lo canticchia tra sé e sé: lo trova vicino a quello di Paolo, il tizio molesto che sta per prendere il posto di Giulia. «Che palle!» dice ad alta voce, e chiude con forza l'armadietto. Da quando è arrivata lì, Paolo le ha messo gli occhi addosso, e le cose sono peggiorate dopo qualche settimana, perché ha trovato il coraggio di parlarle. Ora che ha scoperto che sarà lui la persona con cui passerà tutta la notte, un lungo turno fatto di scarse parole e molti piccoli gesti, con pochi clienti e poche seccature, uno dei suoi preferiti insomma, quella notte le sembra infinita. In cucina ci sarà qualcun altro, legge il nome e non lo riconosce; ma con quelli della cucina lei parla poco, tutta presa dal controllo sul suo regno, il bancone. Un regno che affaccia proprio sulla porta scorrevole da cui vede la strada, le auto che si fermano, quelle che ripartono, le persone che entrano e strizzano gli occhi sotto la luce bianca che le accoglie, simile a quella di un supermercato eppure, in qualche modo, più ospitale.

Il giorno in cui ha detto a suo padre di aver firmato un contratto di lavoro per stare in quel luogo in mezzo al niente, un posto incastrato sul confine tra due regioni, lui è sembrato meno sorpreso di quanto si sarebbe aspettata: erano seduti a tavola, a colazione, uno di fronte all'altra. *Lei*, la madre, se ne era andata già da un anno.

«Beh, non dici niente?» lo aveva incalzato Emma.

«Cosa dovrei dirti?».

«Non so, rompermi le palle, cercare di farmi riflettere sulla mia irresponsabilità, il mio modo di vivere, quelle robe lì...».

Lui era rimasto zitto, chiuso nel silenzio dentro cui spesso si rintanava per schivare il confronto, concentrato a leggere il retro della scatola di muesli appoggiata sul tavolo. Gianni era entrato nella stanza, si era accucciato sotto la sedia del padre, mugolando.

«...quelle robe che dicono di solito i padri, sai» aveva aggiunto lei con una smorfia.

Il padre aveva sospirato: la figlia lo stava esasperando, ma lui era un osso duro. Se la cavava bene. Si era alzato con la tazza in mano, dentro un fondo di caffellatte in cui galleggiava del muesli gommoso, che era finito dritto dentro lo scarico del lavandino appena aveva aperto il getto d'acqua. Uscendo dalla cucina si era fermato sulla porta, giocava con il meccanismo scorrevole che, spinto con la giusta pressione, faceva arrivare il pannello di legno e vetro fino in fondo, rimbalzare su un gommino e poi tornare indietro, fino alla mano che lo avrebbe spinto di nuovo. Era quello il gioco, il gioco per trovare le parole giuste.

«Emma, sei un'adulta. Dici che non vuoi più fare l'università, che ci devi pensare, e va bene. Dici che devi sperimentare per capire dove vuoi andare, e va bene. Dici che sono le strade più assurde che poi ti riportano sulla strada che è davvero la tua. E va bene. Ti credo. Mi fido».

«La mamma avrebbe insistito un po' di più» aveva risposto lei, abbassando progressivamente la voce mentre lo diceva.

«Beh, la mamma non è qui, quindi dovrai accontentarti della mia arrendevolezza» aveva ribattuto il padre, e non c'era astio nella sua voce, solo un po' di stanchezza. «Che dici, ho superato il test riservato al genitore rimasto?» aveva aggiunto.

Emma lo aveva guardato negli occhi, divertita. «Superato» aveva detto. «E anche la mamma ha ottenuto un punteggio abbastanza alto nel test riservato al genitore che ha deciso di andarsene».

Si erano messi a ridere. Poi lui aveva fatto un cenno al cane, che si era alzato stiracchiandosi sulle zampe posteriori. «Papà,» aveva detto Emma «lo sai che non sono arrabbiata con te, vero?».

«Certo che lo so».

Il padre e il cane erano usciti insieme dalla stanza, lasciandola da sola.

Non ne avevano più parlato.

Quella storia delle strade assurde che l'avrebbero riportata sulla strada che sarebbe stata davvero la sua se l'era inventata a mo' di scusa, e ormai non ci crede neanche più. Tutte le sere, mentre pulisce i cucchiaini lasciati nell'acquaio, mentre li lascia sgocciolare sulla griglia metallica, si chiede in che modo quella strada potrebbe portarla da qualche parte che non sia lo svincolo autostradale successivo, quello che l'auto di suo padre ha imboccato per ritornare a casa. Sono sette mesi che fa questo lavoro. Cerca soprattutto di mettersi turni di notte, perché sono quelli in cui la pagano di più e quelli meno pesanti. A volte le sue amiche chiedono se non le faccia paura, stare in un posto così nel mezzo della notte; lei le rassicura sul fatto che non c'è niente di spaventoso, sul serio, e forse mente un pochino, perché la notte le fa paura, e anche gli sconosciuti che entrano dalle porte scorrevoli, emergendo dal buio dell'autostrada, ma ammetterlo la spaventerebbe ancora di più, così cambia argomento, parla d'altro, chiede notizie della loro vita. È costretta a ricorrere a questi sotterfugi sempre meno; le sue amiche hanno continuato l'università, e piano piano stanno finendo le cose che hanno da dirsi, e si stanno diradando le occasioni per dirsele. Fino a settembre tornava in città una volta a settimana, con il treno, per dare ripetizioni, ma non le avvisava quasi mai, e quando lo faceva cercava di farlo sempre all'ultimo minuto, per dare a tutte una buona scusa per non vedersi. Da quando ha smesso di dare ripetizioni, almeno, quell'angoscia che prima era settimanale è diventata meno frequente.

Se dovesse essere sincera, se qualcuno le chiedesse davvero di esserlo, ecco cosa risponderebbe: Non ha neppure senso mettersi a enumerare le cose che le fanno paura in questo momento della sua vita, perché sono praticamente tutte.

«Allora, sembra che saremo solo noi due stasera» dice Paolo entrando nello spogliatoio. «Emozionata?».

Paolo ha qualche anno in più di lei, il corpo di uno che va spesso in palestra. Emma non lo trova neppure particolarmente antipatico, ma da quando si è prefissato l'obiettivo di portarla fuori a cena (quasi come fosse una sfida personale più che per reale interesse) le loro conversazioni somigliano a un duello: lui gioca in attacco, lei in difesa. Non ha voglia di uscirci, ed è un po' stufa di ribadirlo.

«Mi dispiace Paolo, ma dovrò spartire la mia attenzione fra te e il cuoco, a quanto pare» gli dice, prendendo il cellulare dalla borsa prima di chiuderla nell'armadietto.

«Il ragazzo della cucina ha appena chiamato per dire che è bloccato in casa dalla neve. Me l'ha detto Giulia mentre stavo entrando» ribatte Paolo con aria vittoriosa.

«Ottimo, dovrai mettere alla prova anche le tue doti culinarie, oltre che quelle romantiche» gli dice Emma uscendo dallo spogliatoio. Fa appena in tempo a sentire Paolo che urla, «Tanto chi vuoi che si metta in macchina la domenica notte con 'sto tempo di merda!».

Probabilmente nessuno, pensa Emma.

La cosa che le piaceva di più, durante le prime settimane di lavoro, era il viaggio verso la stazione di servizio. Quando aveva il turno di notte, preparava per lei e il padre una cena leggera, che consumavano insieme verso le sette; mangiavano guardando un quiz a premi, cercando di indovinare anche loro da casa le risposte alle domande che venivano poste ai concorrenti. Poi, finito di mangiare, si faceva una lunga doccia, si asciugava i capelli, metteva il paio di pantaloni da lavoro che teneva sempre a casa e il reggiseno sportivo che le appiattiva ancora di più il petto, con sopra una felpa ampia che si sarebbe cambiata al lavoro. Si preparava con la stessa cura che avrebbe impiegato qualche tempo prima per una serata con le amiche; usciva di casa alle dieci, percorreva con la Peugeot il lungo tratto di statale che la separava dall'imbocco dell'autostrada che era buio e immerso nella valle, costeggiato da macchie di bosco e casolari per la maggior parte abbandonati. L'autostrada l'accoglieva con le sue luci; appena prima del casello, pescava dal vano portaoggetti il Telepass che da pochi giorni si era staccato dal vetro, lo sollevava verso l'alto a mo' di saluto, aspettava che il bip del sensore la salutasse a sua volta, che la sbarra si alzasse e la strada l'accogliesse sul suo rettilineo.

Quello era il tempo in cui ancora guidava, in cui non aveva bisogno dell'aiuto del padre, in cui si sentiva davvero indipendente: con un lavoro di merda, ma indipendente. Alternando i turni di notte con qualche ripetizione agli studenti del liceo riusciva a racimolare un discreto stipendio a fine mese; a volte si era anche offerta di pagare una cena al padre, e lui gliel'aveva lasciato fare, ridacchiando della sua espressione indignata al momento della lettura del conto.

Quella specie di tranquillità si era interrotta la mattina del 13 luglio, sulla strada che percorreva per tornare verso casa, nell'attimo in cui aveva disimparato a guidare.

«Ma dai, giura!» la incalza Paolo, che cerca di fare conversazione mentre lei passa uno straccio umido sul bancone. È mezzanotte e venti, e come previsto nessuno è ancora entrato dalla porta scorrevole; nessuna auto si è fermata a fare rifornimento, nessun automobilista a comprare delle caramelle o anche solo a prendere un caffè. Emma pulisce solo per noia, e risponde a Paolo per lo stesso motivo. Alla radio le canzoni vengono interrotte per gli aggiornamenti sulla bufera di neve che si è scatenata su tutta la regione: naturale che nessuno metta piede là dentro. Probabilmente, pensa Emma, nessuno sta percorrendo l'autostrada.

«Giuro, Paolo, non è il mio ragazzo quello che mi accompagna qui al lavoro, lo giuro solennemente» dice, portandosi la mano con cui tiene lo straccio al cuore e alzando in alto quella che impugna lo spruzzino.

«E quale sant'uomo si prenderebbe mai il disturbo di tutto questo sbatti senza neppure provarci con te?» le chiede lui, appoggiandosi allo sgabello che si trova davanti al bancone.

Paolo ha le sopracciglia curate, probabilmente usa la pinzetta ogni settimana per mantenere la forma ad arco pulita. Emma le può osservare da vicino ora che si è sporto sul bancone verso di lei: è la prima volta che accorcia così tanto la distanza tra i loro corpi. Mentre la ragazza si irrigidisce, lui le sfiora la guancia con il dorso della mano, spostandole appena i capelli. Emma si chiede se quel gesto faccia parte di un copione che Paolo ha provato nella sua mente, se quella carezza sia frutto di un corteggiamento che riserva a tutte, compiacendosi per il tempismo perfetto e la scioltezza con cui ha mosso la mano verso la guancia della ragazza in questione, un movimento che lui ritiene innocuo, delicato, ma che sa conservare in nuce il sospetto di un qualche pericolo, cioè quello che lui immagina lo renda sensuale e insieme spaventoso. O forse è stata una cosa spontanea. Emma non lo sa.

«Mio padre» risponde allora, mentre si sottrae al tocco del ragazzo e scompare dietro il bancone per mettere a posto lo straccio. Paolo si sporge ancora di più con il busto, tenendosi sui gomiti, «E quindi niente ragazzo?» le dice, e sembra quasi che la sua voce si rompa, che stia perdendo tutta la sicurezza con cui fino a ora ha condotto la conversazione.

Emma sbuffa, «Fatti i cazzi tuoi» dice.

Paolo si offende; è facile intuirlo da come arriccia le labbra, mentre si allontana verso la cassa che sta dal lato opposto rispetto al bancone. È chiaro che non è così che si era immaginato la scena. Si siede dietro il computer, tocca lo schermo touch senza nessuna ragione apparente, per prendere tempo, per metabolizzare il rifiuto. «E comunque» dice con la voce che gli trema per la rabbia «dovresti cercare di essere meno frigida». A Emma ora scappa da ridere, una specie di reazione nervosa a cui è abituata, ma cerca di controllarsi e rispondere in tono serio e severo al ragazzo. «Come, scusa?».

«Sì, dico» aggiunge lui, che ormai non la guarda nemmeno più, ma continua a toccare compulsivamente lo schermo del registratore di cassa. «Non è il caso di agitarsi così. Uno prova a fare due parole, a conoscersi meglio...» inizia a borbottare. Emma alza gli occhi al cielo, è un gesto teatrale ma non lo fa apposta, poi si mette a lavare i filtri della macchina del caffè. Potrebbe litigare con lui, ora; ma non ne ha nessuna voglia.

«Senti. Visto che non c'è nessuno, vado a pisciare. Mi fumo una sigaretta» le dice Paolo, pieno di imbarazzo. «Tu stai qui» aggiunge, mentre scompare oltre le porte scorrevoli.

«E dove cazzo dovrei andare?» gli urla lei da dietro al bancone. Ma Paolo è già uscito, e la sua voce rimbomba tra gli scaffali dell'autogrill.

Il tempo in cui era andata al lavoro per conto proprio, in cui aveva guidato la Peugeot dalla casa dove viveva con suo padre fino a quella stazione di servizio di confine e ritorno, era finito poi di colpo. Una data che si era aggiunta alle festività del suo calendario privato: 13 luglio, festa della fine dell'indipendenza.

Ora è rimasta sola, e può ammettere a sé stessa che stare da sola nel bar di una stazione di servizio a notte fonda, mentre fuori la neve cade, in un posto che esiste solo per essere oltrepassato, le fa paura. È difficile da ammettere, ma la presenza di Paolo, per quanto ostile, la tranquillizza. Controlla l'orologio da polso, prova a calcolare quanto tempo ci metterà quell'idiota a pisciare e fumarsi una sigaretta prima di morire congelato in mezzo alla bufera. Probabilmente si tratterrà molto più a lungo del necessario, ferito nell'orgoglio com'è.

Il bagno è un edificio a parte, costruito vicino alle pompe di benzina: quando i clienti del bar manifestano il desiderio di lavarsi le mani prima di consumare la loro focaccia ripiena a quattro euro e venti lei spiega il percorso, spiega che bisogna attraversare lo spiazzo del parcheggio, arrivare vicino alle pompe di benzina, usare il bagno e poi tornare indietro. Ogni tanto qualcuno le dice, «Ma che senso ha costruire il bagno così lontano dal bar?». E lei fa spallucce, non confessa mai che quello spiazzo in mezzo al niente, la notte, le sembra così spaventoso da indurla a tenere la pipì anche per sette ore, pur di non dover fare quella camminata da sola. Paolo invece sembra piuttosto contento della distanza: le sue pause vengono dilatate dallo spazio che separa le due strutture in cemento.

Emma afferra una rivista dallo scaffale dei giornali e si mette di nuovo dietro al bancone; la sfoglia soffermandosi sulle pubblicità più che sugli articoli, perché le piace guardare i tagli di capelli delle modelle. Si morde un labbro mentre osserva quelle ragazze bellissime e sorridenti, molto diverse da come è sempre lei, arrabbiata e sarcastica, magrissima, spigolosa, e quasi si pente di aver trattato in quel modo il suo collega, di non averlo trattenuto, anche solo per litigare. Le vengono le lacrime agli occhi, sa che non è per Paolo, è un po' tutto che le presenta il conto, la solitudine che sente, la rabbia che scarica sugli altri, la paura che le fa trovarsi lì senza nessuno a tenerle compagnia.

Così non si accorge che una persona ha oltrepassato la fotocellula che apre le porte scorrevoli, che è entrata nella stazione di servizio, e che ora è a pochi metri da lei, e la sta guardando.

L'uomo che vola

Ti svegli per colpa del bianco che buca le palpebre. Senti le spalle indolenzite, qualcosa di ruvido sotto le ascelle, che taglia. Le gambe, pesi morti sospesi nel vuoto, non le senti più.

Apri gli occhi e intorno a te il bianco è ancora più forte: è per via dei fari posizionati a terra ai quattro angoli della stanza, che proiettano la luce sui teli di plastica applicati alle pareti, al pavimento. Il soffitto non si vede. Il soffitto è da dove pendi tu. Te ne sei accorto? Stai calmo. Non puoi cadere: ci sono due corde annodate all'altezza delle natiche che ti sorreggono. Sembra quasi un'altalena. Il dolore alle ascelle è causato proprio dalle corde che ti sfregano contro la pelle nuda. Indossi solo un paio di pantaloni neri. Il pavimento non è molto più in basso dei tuoi piedi: con un salto lo potresti raggiungere. Ecco, ora che abbassi lo sguardo lo noti, calzi un paio di scarponi. Sono quelli che si usano per sciare, ma non sono agganciati a un paio di sci. Sono pesanti.

Perché non scendi? Non lo sai. Anche se è solo un salto, pensi di avere bisogno di aiuto. Per questo giri la testa, posi lo sguardo sulle pareti della stanza. Ma non vedi niente. Sono i tuoi occhi che ti ingannano, che non si sono adattati del tutto al bianco. Sono affaticati. Il sonno ha raggrumato intorno alle ciglia i residui dell'ipersecrezione mucosa delle ghiandole lacrimali: la cispa. Provi a toglierla via con la mano, ma muovere le braccia ti fa perdere l'equilibrio. Il busto si inclina in avanti. Abbassa le braccia, ecco, così. Ti stabilizzi.

«Che cosa ci fai ancora lassù?» grida qualcuno. Non l'avevi visto. È un ragazzo: sta alla tua sinistra, chino su una struttura di legno. La sta lavorando. Ha sollevato la testa e ti guarda. Anche se è in ginocchio, immagini che sia piuttosto alto.

Il suo aspetto è quello di un uomo di un altro tempo, un altro luogo. Le spalle grosse. Gli occhi distanti, piegati verso il basso, malinconici. Un naso grande, labbra femminili. Porta i capelli con la riga a destra, bassa. Sono unti.

«Perché non l'hai ancora fatto scendere?» dice il ragazzo.

Parla con un terzo uomo nella stanza: non ti eri accorto neppure di lui, vero? Il terzo uomo indossa dei pantaloni neri, scarponi da sci. Il busto è nudo. Il terzo uomo ti somiglia. Il terzo uomo sei tu.

Si avvicina per aiutarti a scendere e tu non dici niente. L'unica reazione che hai, non capendo, è quella di assecondare i movimenti degli altri, che sono così naturali in questa stanza. Come se la stanza ci fosse da sempre, come se tu appartenessi alla stanza e avessi solo per un po' interrotto un lavoro di cui non hai memoria.

Il terzo uomo si posiziona davanti a te, la testa poggiata sulla tua pancia, le mani che ti bloccano le cosce da dietro. Tu, sulle corde, metti i palmi sulle spalle dell'uomo che ti somiglia, poi gli cingi il collo con le braccia. Ti lasci cadere, lui ti prende. Rimanete abbracciati.

Dici, «Sono così stanco». Ti posa sul pavimento. Ti sfila gli scarponi, mentre tu sdraiato guardi verso l'alto, il soffitto che non riesci a vedere, di cui puoi solo intuire l'esistenza, in cui si perde il capo delle corde.

Quando con lo sguardo torni sui tuoi piedi, liberati dagli scarponi, il terzo uomo si è allontanato. I tuoi piedi stanno sanguinando e sporcano il telo di plastica che copre il pavimento. Con orrore guardi le macchioline rosse che si dividono sulla plastica. Hai paura che il ragazzo che ti ha parlato prima le noti, e si arrabbi. Quello in cui sei, hai concluso, è una specie di studio d'artista, e tu lo stai imbrattando. Per questo ti sfili i pantaloni neri, rimani in mutande: usi i pantaloni per pulire a terra, stai sulle ginocchia e con le mani descrivi dei cerchi sulle macchie di sangue.

Quando alzi la testa per tamponare con l'avambraccio il sudore della fronte, è allora che mi vedi. Sono sempre stato qui, a vegliare su di te. Hai forse pensato che ti abbandonassi?

«Lascia stare, vieni» ti dice il ragazzo chino sulla struttura di legno. Cosa aspetti? Raggiungilo. Se io sono qui, non hai nulla da temere.

Ti alzi, lo raggiungi. Il terzo uomo è lì con lui.

Ai vostri piedi c'è la struttura di legno a cui il ragazzo stava lavorando. Sembra la pancia cava di un cetaceo, alla cui base sono state fissate tre rotelline, mentre all'interno è sospesa una sorta di sacca nera. A guardarla bene, sembra una canottiera, un indumento studiato per ospitare busto e braccia e collo di un essere umano. Dalla pancia del cetaceo partono due ali; ciascuna si dirama a raggiera: la raggiera sostiene dei teli bianchi.

«Non è bellissima?» chiede il ragazzo. Poi ti guarda, «Ti aiuto» dice.

Devi entrare nella struttura. È fatta apposta per te. Non te la ricordi? È il lavoro che state facendo da giorni. Coraggio, entra. Lasciati guidare. Devi inginocchiarti e poi strisciare con il busto dentro la canottiera nera. Non temere, il legno è resistente. «Bravo» dice il ragazzo.

Poi, quando sei dentro, il ragazzo fa un cenno al terzo uomo.

Gli porge il capo di una corda, gli dice di stringere e di tirare insieme a lui, si posiziona alle sue spalle. La corda è fissata a un passante di ferro montato in cima alla struttura di legno, poco sopra le tue scapole. Un analogo passante è collocato sul soffitto che tu non vedi. Tirando la corda, la struttura si alza. Non agitarti, resta fermo. Se hai paura, guardami: sono qui.

Il terzo uomo e il ragazzo tirano, tu sali verso l'alto; poi i due fissano la corda a un altro passante, inchiodato a terra.

Create insieme una sospensione.

«Non è bellissima?» chiede di nuovo il ragazzo. Ha il capo rivolto verso l'alto, le braccia lungo i fianchi e i pugni chiusi. Sta parlando con te. Forse sarebbe educato, a questo punto, rispondere.

«Sì» dici.

Bravo.

«E sai cos'è ancora più bello?» aggiunge, alzando un po' il volume della voce, come se temesse che quei pochi metri che vi separano – due al massimo, non ti agitare – ti impedissero di sentirlo.

Tu scuoti la testa.

«Che, nonostante tutti i miei sforzi, questa macchina non volerà mai».

Rimanete in silenzio. Poi il ragazzo e il terzo uomo si voltano, entrano nel bianco, ti abbandonano.

Tu sei sospeso al soffitto. Chiedi aiuto. Prima piano, poi urlando. Ma non lo vedi? Loro non ci sono più. Rimango solo io, qui sotto, a guardarti. Loro non torneranno a tirarti giù. Ma tu devi stare tranquillo: io non mi muovo. Smettila di agitarti, romperai la struttura. La corda cederà. Calmati. Non vedi come oscilli? Ti stai comportando da stupido. Rischi di rovinare il lavoro che avete fatto. Basta, ora basta. Ora svegliati davvero.

Prendi percezione dello spazio intorno a te. Calmati. Non sei in una stanza bianca, sei in un'auto. Accanto a te c'è tuo fratello che guida. E ci sono anche io: qui fuori, a pochi passi da te. Se rallenti il ritmo del respiro riesci a sentire i miei ululati, che rimbombano nella valle. Eri sul punto di rovinare tutto, ma ora è finita: non c'è pericolo. La macchina non si è rotta, tu non sei caduto. Torna a respirare regolarmente.

Non aprire gli occhi. Resta ancora così, con gli occhi chiusi. Trattieni il sogno, non far passare nulla sul volto. Dei tuoi sogni non deve rimanere traccia. Ascolta la voce di tuo fratello, ascolta il rumore della strada.

Torna qui.

Uto e Gesso

La neve cadeva.

Avevano imboccato la discesa che collegava la casa della madre al paese, preso la via principale che passava sui ciottoli del centro e sbucava vicino alla stazione, attraversato il casello scegliendo la corsia del pagamento in contanti, infilato una banconota nella fessura illuminata e ritirato il resto in monetine che la cassa automatica aveva sputato fuori. Avevano guardato i cartelli stradali succedersi, a indicare altre località perse nel buio che li circondava, incastonate nelle valli che si aprivano tra le montagne.

Procedevano lungo l'autostrada e la neve cadeva e l'asfalto era un pantano, e Uto e Gesso (questi erano i loro nomi, o almeno, così era come li chiamavano tutti), insieme nello stesso abitacolo della stessa auto, erano fratelli da ventitré anni, sebbene nessuno dei due lo avesse scelto, sebbene Gesso non avesse scelto di nascere nell'ottobre del 1989 e aspettare poi quattro anni esatti l'arrivo di Uto, che a sua volta non aveva scelto di occupare una sacca amniotica nella pancia di una madre comune, né di condividere con Gesso lo stesso padre, la stessa casa, la stessa infanzia. Erano stati, come sono tutti i fratelli, il risultato di scelte prese da altri.

La neve aveva iniziato a cadere su di loro già da mezz'ora, da quando più o meno avevano lasciato le stradine della valle e si erano ritrovati sull'autostrada che tagliava senza garbo le curve delle montagne; da quando Gesso si era addormentato sul sedile del passeggero, subito dopo aver preso dalle mani del fratello le monetine del resto sputate dalla cassa automatica del casello ed essersele ficcate in tasca. Veniva giù copiosa, impediva la visuale e si gelava sulla strada, scricchiolava sotto le gomme: Uto aveva cercato di mostrarsi tranquillo alla guida, ma ora era in difficoltà, e parlava da solo per calmarsi, certo che il fratello non lo avrebbe sentito. Nonostante questo, si rivolgeva a lui, «Ne sta venendo giù tanta stanotte» gli diceva. La madre aveva insistito, aveva detto, «Fermatevi a dormire», ma Uto aveva pensato non fosse il caso, e d'altronde Gesso aveva già messo il giaccone e dondolava sui talloni impaziente, guardando con eccessiva attenzione una foto scattata in una località montana non distante dalla casa in cui si trovavano. Nella foto, sua madre e Fabio erano abbracciati, seduti su una coperta a scacchi stesa su un prato. Era estate. «Forse avremmo dovuto darle retta» diceva ora in auto Uto al fratello, sottovoce.

Gesso non pareva sentire la voce di Uto. Con la schiena si sistemò sul sedile e si lamentò a labbra chiuse. Una ruga gli comparve sulla fronte, tagliandola a metà in verticale: era il segno dello sforzo impiegato per trattenere il sogno, per non farlo strabordare nell'abitacolo. Di Gesso, Uto sapeva che i sogni erano violenti e vividi, e che nulla di essi rimaneva nella veglia se non quella smorfia contratta, e forse qualcos'altro ancora, celato con gelosia.

L'orologio digitale sullo schermo dell'autoradio segnò con uno scatto le undici e trenta: i numeri erano formati da linee arancioni che non si congiungevano del tutto, spezzando il tratto. Concentrato sulla strada, Uto accese la radio: nessun suono, neppure un fruscio, uscì dalle casse. Erano anni che non dava cenno di vita; avrebbero dovuto farla aggiustare. Un giorno, poi, quando avrebbero trovato la voglia.

L'auto era una Golf nera, comprata usata e con un po' di chilometri sulle spalle: era stato un regalo per Gesso, quando aveva compiuto vent'anni e la madre e il padre si erano entrambi illusi che al figlio maggiore una macchina avrebbe fatto comodo. Gesso l'aveva guidata tre volte in tutto, sempre per tratti brevi. L'auto, poi, era rimasta in garage per i successivi cinque anni, fino a quando Uto aveva preso la patente e l'aveva rimessa in moto.

Nessuno aveva fatto storie a Gesso, forse perché in realtà tutti avevano previsto che sarebbe andata così. Eppure, formalmente, Uto aveva continuato a comportarsi come se il fratello avesse una sorta di prelazione sull'uso della vettura: ogni volta gli chiedeva il permesso di prenderla, senza mai ricevere un rifiuto. Due fratelli nei loro vent'anni che mai avevano litigato per la macchina, sembrava quasi incredibile. E quando dovevano andare insieme da qualche parte, ecco che si ripeteva lo stesso siparietto. «Uto, che ne dici di guidare tu?» gli chiedeva Gesso. «Certo» rispondeva lui, e ogni tanto il maggiore aggiungeva qualcosa, la promessa che la volta dopo sarebbe toccato a lui. «Lo faccio solo per farti fare pratica, eh» gli diceva, e Uto sorrideva e faceva finta che fosse vero. Era successa la stessa cosa quel pomeriggio, prima di mettersi in viaggio verso la nuova casa della madre.

Gesso era un pessimo compagno di viaggio, comunque: spesso stava in silenzio o, come in quel caso, dormiva.

«A venti all'ora in autostrada, dimmi te se è possibile» borbottò Uto rivolto a nessuno. Guidava con le mani ben salde sul volante e gli occhi strizzati, ridotti a due fessure, facendo attenzione a non abbandonare la traccia lasciata sull'asfalto da un'auto che li precedeva, nascosta da qualche parte oltre il bianco.

«Magari se avessi saputo che si andava così piano guidavi tu, eh?» disse al fratello. Gesso si scosse e con gli occhi ancora chiusi, appoggiando la guancia contro il finestrino, mormorò qualcosa che si confuse con uno sbadiglio.

«Che hai detto?» chiese Uto, vagamente irritato dal sonno del fratello.

«Non è per la velocità,» disse di nuovo Gesso «è per il movimento».

«Ah» fece Uto. «Ti sei svegliato».

Il maggiore staccò la guancia dal finestrino per allungare la colonna vertebrale e le braccia anchilosate dal sonno. Mise a fuoco la distesa di neve davanti a loro. «Non lo so,» disse indicando tutto quel bianco «sono sveglio o è ancora un sogno?».

«Purtroppo sei sveglio. Va avanti così da mezz'ora».

L'auto slittò leggermente.

«E come ce la stiamo gestendo?» chiese Gesso, aggrappandosi alla portiera.

«Alla grande» disse il fratello. Ora l'auto emetteva dei rumori poco rassicuranti, mentre sotto le mani di Uto il volante sembrava rispondere con lentezza ai movimenti del guidatore. Sulla loro destra si intravedeva una piccola piazzola di sosta, già invasa dalla neve. Uto cambiò traiettoria, spostandosi a lato della strada, rallentando fino a fermarsi. Ingranò la prima e girò la chiave per spegnere l'auto: era inutile andare avanti, la neve sulla strada era troppa, e le ruote iniziavano a perdere presa sull'asfalto.

«Hai per caso delle catene dietro?» chiese a Gesso.

«Boh» rispose lui, sbadigliando.

«Sì, vabbè, che te lo chiedo a fare».

Uto uscì dall'auto sbattendo lo sportello. La piazzola di sosta era vuota e poco illuminata; non c'era un telefono per le emergenze, non c'era proprio nulla. Aprì il bagagliaio: niente catene. Comunque non che avrebbe saputo cosa farci, nelle condizioni in cui si trovava la strada. Tornò a sedersi al posto di guida, recuperò il cellulare dalla tasca con l'intento di cercare informazioni sul sito delle autostrade. Prima o poi avrebbero mandato qualcuno a pulire quel tratto, disse al maggiore. Avrebbero aspettato l'arrivo degli spazzaneve che avrebbero sgomberato la corsia. Poi, sarebbero ripartiti.

«Evviva» mormorò Gesso. Aprì il vano portaoggetti di fronte al sedile del passeggero e tirò fuori una custodia in cuoio con dentro il necessario per girarsi una sigaretta. Intorno, si intuivano i profili delle montagne che di solito vegliavano quiete sull'autostrada ma che quella notte sembravano minacciose. «Sai che mi dà fastidio il fumo in macchina» disse Uto al fratello. Lui lo ignorò e si accese la sigaretta. Aveva le labbra molto sottili, e quando le piegava all'interno per esercitare pressione sul filtro e tenere in equilibrio la sigaretta sembrava sparissero per un attimo: rimaneva solo una fessura tra il naso e il mento, un taglio orizzontale sulla faccia. Aspirò, staccò la sigaretta dalla bocca: le labbra tornarono e si distesero in un sorriso.

«A quanto ne so, l'auto è ancora mia» replicò Gesso.

Uto tolse la sigaretta dalla mano del fratello con uno scatto stizzito, abbassò il finestrino e la gettò fuori.

«Va bene. Niente sigaretta, ho capito» disse Gesso. Si mise a sedere composto, con i palmi poggiati sulle cosce come per darsi lo slancio in avanti. La posizione dell'attacco. Non gli piaceva litigare, ma ancor meno gli piaceva essere rimproverato dal fratello minore. Uto non sopportava, invece, quando suo fratello diventava aggressivo, sarcastico. Con le mani si ancorò al volante; oltre il parabrezza, le luci arancioni riflettevano sul bianco e precipitavano nell'ombra tutto ciò che non fosse il rettilineo che attraversava il paesaggio: gli alberi, le valli, le case abbandonate ai bordi del cemento dopo la costruzione dell'autostrada, scompariva tutto.

Non era il posto giusto per uno scontro. Uto rilassò i muscoli delle spalle, respirò. «È stata una bella cena. Alla fine di tutto, no?» disse, provando a sciogliere la tensione.

Gesso annuì. Avevano guidato così tanto per andare a conoscere il compagno della madre; la cena era programmata da mesi.

«Secondo me sei piaciuto un sacco a Fabio. Non faceva che chiedermi di te» continuò Uto.

Con le mani Gesso percorse il contorno della radio, infilando l'unghia dell'indice nelle fessure dei comandi, grattando via lo sporco, la polvere incastrata negli interstizi.

«Quando a tavola ci siamo messi a parlare del tuo lavoro d'artista...».

«Avete parlato del mio lavoro?» lo interruppe Gesso. Uto fece finta di niente. «Era interessatissimo ai tuoi progetti, mi ha chiesto se è possibile vederli, magari per comprarne uno per casa, si è girato verso mamma e le ha detto, "Tesoro, che ne dici di investire su una giovane promessa dell'arte?", e non sai quanto mi ha fatto strano sentire qualcuno chiamare mamma "tesoro"».

«Non capisco perché tu abbia dovuto parlare del mio lavoro» fu il commento di Gesso.

«Avresti potuto farlo tu, se solo ci avessi degnati della tua presenza» rispose con freddezza Uto. Non c'era segno di spazzaneve, soccorsi stradali: forse sarebbero rimasti bloccati lì per sempre, in un punto dell'autostrada lontano da svincoli, sospeso nel suo essere niente al di fuori di un tratto di collegamento tra un posto e un altro.

«E comunque a me Fabio è sembrato simpatico» perseverò il minore.

«Per favore…» implorò Gesso, con la bocca stretta.

«Per favore cosa?».

«Basta, ti prego, non mi interessa».

«Cos'è che non ti interessa, scusa?».

«Niente, non mi interessa cosa ti ha detto Fabio, non mi interessa parlare dei miei progetti, non mi interessa che sia simpatico, mi interessa guardare questo pezzo di strada senza perdere la concentrazione fino a quando gli spazzaneve non arriveranno». Gesso si portò le mani agli occhi, senza strofinarli, solo appoggiando le dita sulle palpebre.

«Ah, quindi è per questo che ti sei chiuso in bagno, perché non ti interessa!». La voce di Uto salì di volume, incrinandosi appena.

«Sì, anche per questo». Gesso chiuse gli occhi, lasciò andare la schiena indietro, la testa appoggiata al sedile.

«Gesso. Non dormire. Stiamo parlando».

«No,» disse lui, continuando a tenere gli occhi chiusi «tu stai parlando. Io sto solo aspettando gli spazzaneve».

Il calore prodotto dall'impianto di riscaldamento dell'auto iniziava a dileguarsi; dal finestrino di Gesso, che era leggermente abbassato, l'aria gelida di novembre si infilava tra i sedili.

Già la testa di Gesso cominciava a ciondolare in avanti, già il torpore aveva ripreso possesso delle sue braccia e delle mani, abbandonate sulle cosce con i palmi rivolti verso l'alto, quando un suono improvviso e violento lo strappò al sonno: Uto si era messo a premere il clacson, che nel buio e nel silenzio ovattato della nevicata faceva un baccano incredibile, rimbombava nella valle.

«Ma sei scemo?» gli disse il fratello maggiore, portandosi le mani alle orecchie. «E piantala!».

«No, tu ora mi ascolti!».

Gesso gli staccò le mani dal clacson. «Ecco, ti sto ascoltando, Cristo! Dimmi cosa mi devi dire di tanto urgente».

«Che mi sono rotto le palle di te che fai il matto!» sbraitò Uto in faccia al fratello. «Hai ventisette anni, cazzo, curati!».

Si fissarono per un attimo. «Bene» disse Gesso, senza perdere la calma. «Finito?».

«Finito un cazzo!». Uto non riusciva a smettere, pronunciava le frasi sempre più velocemente, sputando sul cruscotto e sul fratello. «Tu ti prendi sempre tutto, l'attenzione degli altri, il loro tempo, la loro pazienza. Ti sei comportato da schifo a cena. Eravamo lì per conoscere Fabio, non per fare a gara, ti rendi conto?».

«A gara?».

«Sì, dimostrare al mondo intero che sei tu al centro dell'attenzione, che sei il primo nel cuore e nei pensieri di mamma. Qual era il piano, far sentire Fabio di troppo? Fargli capire che è un intruso?».

«Ma quale piano...». Gesso strizzò gli occhi e li tenne chiusi. «E apri quegli occhi!» gli urlò il fratello. Gesso lo fissò, «Ecco. Sono aperti».

«Beh, grazie della concessione!». A Uto veniva da piangere per la rabbia. «Ma hai ascoltato almeno qualcosa di quello che ci ha raccontato Fabio? Sai che lavoro fa?».

Gesso alzò le spalle.

«E certo! Non ti interessa sapere niente dell'uomo che vive con nostra madre. Ma ti rendi conto?». Uto ormai stava strillando, sbatteva le mani contro il cruscotto e si sollevava con le natiche dal sedile facendo degli strani saltelli, come se l'abitacolo andasse a fuoco e lui cercasse di sfuggire alle fiamme.

«No che non ti rendi conto. Non ti rendi mai conto. Non hai ascoltato una parola. Cosa dovevamo fare, venirti tutti e tre a prendere? Dirti insieme che ti volevamo a tavola con noi? Hai bisogno che te lo diciamo per capirlo?».

Calò il silenzio. Gesso teneva gli occhi puntati sulla strada; vicino a lui, poteva sentire il rumore sommesso prodotto dal respiro affannato del fratello minore. Poi anche quel rumore cessò. Uto smise quasi di respirare e in quel silenzio totale gli sembrò di sentire, distanti, degli ululati, ma scacciò subito il pensiero, credendo di essersi lasciato suggestionare dalle storie di Fabio, o dalla paura.

Entrambi i fratelli evitarono il contatto visivo, lo sguardo fisso sul cartello verde che indicava la distanza dall'area di servizio successiva. Cinque chilometri. Possibilità di fare rifornimento di benzina e gpl. Presenza di un bar gestito da un'ignota catena di ristorazione autostradale che forse avrebbe offerto qualcosa di diverso rispetto ai soliti otto panini in menù, con l'opzione di abbinare al panino una bevanda e un caffè per ottimizzare il risparmio.

Uto ricominciò a parlare. Piano, quasi in un soffio.

«Mamma aveva preparato le uova ripiene, e vuoi sapere una cosa, Gesso? Le ha preparate per te. Perché a me e mamma fanno schifo le uova ripiene. A mamma, soprattutto. Sono grasse, le lasciano l'unto sulle mani mentre le riempie. Eppure le fa, perché ti piacciono».

Scaffali su cui forse avrebbero potuto trovare: tavolette di cioccolato, bottiglie di spumante in offerta, compilation di successi anni Ottanta o il meglio del rock o le cento canzoni d'amore più famose di tutti i tempi, maialini di gomma che, previa pressione, avrebbero emesso un grugnito.

«A Fabio non so se piacciono le uova. In realtà non so molto di Fabio, e credo che fosse proprio lo scopo della serata, capire cosa piace a Fabio e cosa non gli piace, conoscerlo, magari allearsi con lui e prendere in giro la mamma per le sue cattive abitudini, come quella di mangiucchiarsi la pelle dell'indice quando è nervosa, o capire se a Fabio piacciono le uova ripiene o se anche lui le mangia solo perché piacciono a te. Anche se dubito che lo avrebbe mai ammesso, perché urtare la tua sensibilità è fuori discussione, vero Gesso?».

Se almeno avessero avuto l'opportunità di nascondersi nei bagni, di perdersi tra gli scaffali, di scegliere ciascuno un libro e leggerlo fino a dimenticare l'esistenza l'uno dell'altro, allora sarebbero stati al sicuro.

Invece, silenzio e bianco, bianco e silenzio.

«Volevo solo dirti questo» concluse Uto, appoggiando la schiena sul sedile e allungando le gambe verso i pedali. Respirava dalla bocca, formando nuvole di condensa. Quello che aveva detto, tutto quello che aveva appena detto, si parò davanti a lui come un corpo deforme, martoriato, per il quale entrambi provarono vergogna. Per questo passarono qualche minuto immobili, a contemplare lo scempio.

Poi Gesso fece scattare verso l'alto la sicura della portiera del passeggero, si infilò il giaccone, uscì dall'abitacolo.

«Cosa fai?» gli chiese Uto, seguendolo fuori. Stava in piedi accanto all'auto, senza giaccone.

Gesso non rispose; camminava veloce, verso il niente.

«Gesso, ti ho chiesto cosa fai».

Ma lui andava avanti, le mani in tasca strette a pugno: lo si vedeva dal rigonfiamento innaturale del tessuto.

«Cazzo, fermati!».

Gesso s'immobilizzò, senza voltarsi.

«Lasciami stare Uto, lasciami in pace».

«No che non ti lascio in pace: io ti ho parlato, tu non parli mai. Non mi rispondi mai». Uto tremava sotto la neve.

«Non ho niente da dirti» rispose Gesso, voltandosi finalmente verso il fratello. «E soprattutto, non ho nessuna intenzione di spaccarti la faccia, ma sono davvero arrabbiato adesso, quindi per favore lasciami andare o non mi trattengo».

«Dài, avanti!» urlò Uto. Urlava come se fossero a chilometri di distanza, anche se a separarli erano pochi metri. La notte inghiottiva tutti i suoni.

«Spaccami la faccia! Fai qualcosa. Qualunque cosa».

Gesso respirava affannosamente, il petto si gonfiava e si sgonfiava, il giaccone si espandeva. Si accovacciò sulle gambe, con i gomiti stretti alla vita, la testa bassa.

«Coraggio!» disse Uto avanzando verso il fratello, con i pantaloni che si inzuppavano all'altezza delle caviglie mentre spalancava le braccia e le mani. «Dài, Gesso! Spaccami la faccia!» diceva, ridendo.

La palla di neve colpì Uto allo stomaco: fredda e compatta, dolorosa. Il fiato gli mancò per un attimo, mentre guardava avvampare il volto del fratello che aveva scagliato il colpo. Tossì fino a farsi venire le lacrime, una risata che incontenibile gli scuoteva la cassa toracica. «Bravo! Bravo Gesso! Bel tiro!» diceva. Si appoggiò al cofano dell'auto, bagnandosi i pantaloni con la neve fresca.

«Sei soddisfatto?» chiese Gesso. Uto annuì, ancora con le lacrime agli occhi. Si fece serio solo quando il fratello gli voltò di nuovo le spalle e riprese a camminare.

«Per favore Gesso, dimmi dove stai andando».

«Vado all'area di servizio, vado a prendere un caffè» rispose Gesso, indicando con un cenno della testa il cartello verde.

«A piedi?».

«A piedi».

«Ma sono cinque chilometri».

«Già».

«E fa freddo».

Gesso scrollò le spalle, «Ho il giaccone. Cammino e mi riscaldo, comunque».

«Non vuoi parlarmi?».

Gesso si fermò, ci pensò, «No, adesso non mi va».

Uto sospirò, «Perché devi sempre fare così?».

«Fare cosa?».

«Perché devi sempre lasciarmi indietro?».

Gesso si mise a ridere. Iniziò come una risata nervosa, poi diventò una risata divertita. «Sembra la frase di un film». Si era voltato verso di lui, ma non riusciva a sostenerne lo sguardo. Non guardava niente.

«Non volevo ferirti, in macchina».

«Ecco un'altra battuta da cinema».

«Sono serio. Scusami, ho esagerato».

Gesso abbozzò un sorriso. «Non è grave,» disse «e forse hai ragione tu».

«Ma ragione di cosa?» chiese Uto, cercando di intercettare lo sguardo del fratello puntato da qualche parte oltre la sua testa, oltre la macchina, oltre il mondo.

«In generale» rispose Gesso, massaggiandosi le braccia. «Mi dispiace per le uova. E per la palla di neve».

«Non è niente».

Gesso rimase per un po' così, in piedi vicino al guardrail che gli arrivava appena all'anca.

«Senti Uto. Non ti sto lasciando indietro. Ti aspetto lì. Appena riesci a ripartire mi raggiungi in macchina, beviamo un caffè caldo insieme, compriamo una compilation da ascoltare in auto e ce ne torniamo a casa».

Parlava lentamente, cincischiando il bordo del giaccone con la mano che aveva tirato fuori dalla tasca.

«Promesso?» gli chiese il minore.

«Promesso».

Forse, solo quando sarebbe stato lontano qualche chilometro, Gesso si sarebbe ricordato che la radio in auto era rotta. O forse, in realtà, era una cosa che già sapeva: che aveva fatto una promessa che non sarebbe stato in grado di mantenere.

Dal canto suo Uto, seduto in auto con gli occhi puntati sull'orologio digitale dell'autoradio, non se l'era mai scordato, e alla promessa non ci aveva mai creduto: ma questa era una considerazione che sarebbe riuscito a fare a mente lucida solo molte ore dopo, quando non avrebbe più avuto alcun senso.

Dopo

Riunita in assemblea, la comunità avrebbe espresso la propria vicinanza alla madre del ragazzo, sebbene lei non si fosse presentata a quella seduta, né lo avrebbe fatto alla seguente, né a tutte le assemblee che si sarebbero tenute da lì in avanti per molti mesi ancora. A raccogliere le condoglianze e le dimostrazioni di affetto ci sarebbe stato sempre l'uomo che viveva con lei, l'uomo che si sarebbe anche occupato di fare la spesa, di prepararle da mangiare, di cambiare le lenzuola del letto da cui sarebbe stato difficile farla alzare. Fabio non si sarebbe arreso: ogni giorno avrebbe percorso più volte la strada che collegava casa loro al paese, mentre il ghiaccio che rendeva il percorso scivoloso avrebbe lasciato pian piano posto al fango, ai ciuffi d'erba, alla terra battuta dal sole estivo.

I boschi avrebbero risuonato nella notte degli ululati del branco di lupi; l'uomo, steso nel letto, avrebbe prestato orecchio a quel canto, e nei momenti di sconforto, mentre la donna sdraiata accanto a lui avrebbe scosso il materasso con i suoi singhiozzi, lo avrebbe avuto caro come la rassicurazione di un gruppo di fratelli.

Avrebbe dovuto lottare contro ingiustizie, malignità, contro una curiosità morbosa e un'attenzione indesiderata; avrebbe comprato tutte le copie di un giornale per evitare che il paese conservasse come un trofeo il trafiletto in cui si parlava del ragazzo sull'autostrada, avrebbe preso a calci l'espositore con il foglio giallo che riportava il titolo *Morto assiderato nei boschi*, avrebbe rincorso con i pugni in aria la piccola troupe di un programma televisivo pomeridiano che avrebbe tentato, con un colpo di mano giustificato da un ridicolo «ci trovavamo nei paraggi», di mostrare a tutti il dolore della donna.

E poi, ascoltando il suo canto nella notte, avrebbe preso le parti del lupo: sarebbe ricorso alla logica, litigando in consiglio comunale con i comitati di allevatori e agricoltori schierati a favore dell'abbattimento che avrebbero cercato di sfruttare quell'episodio a proprio vantaggio, mettendo in giro la falsa notizia che il ragazzo trovato nel bosco fosse stato ucciso a zampate, in una feroce lotta che ricordava le leggende della valle ma che non c'entrava nulla con la realtà dei monti.

Fabio avrebbe scritto un lungo comunicato, lo avrebbe fotocopiato e appeso sulle vetrine dei negozi che silenziosamente, ma con calore, avrebbero sostenuto lui, il maestro di paese, e indirettamente anche la donna di città che era andata a vivere fin lassù.

«In latino si dice *homo homini lupus*,» ci sarebbe stato scritto in un passaggio del comunicato «cosa che, a seguito delle recenti dicerie e falsità diffuse da alcuni uomini sulla storia di Gesso, mi sembra davvero poco rispettosa nei confronti del lupo».

E quando la fatica sarebbe sembrata insopportabile, quando la tristezza della donna che amava un buco profondissimo in cui sarebbe stato facile cadere, Fabio si sarebbe seduto al tavolo e avrebbe guardato la sedia che quella sera, per poco tempo appena, il ragazzo silenzioso col maglione colorato aveva occupato e che poi, senza neppure salutare, aveva deciso di lasciare vuota.

Qualche ora prima

Tiene con le braccia tese la sedia rovesciata alzata davanti a sé, in modo da osservare da vicino le gambe e accertarsi che solo una, quella anteriore sinistra, è quasi impercettibilmente più corta delle altre. Poi Fabio appoggia la sedia sul tavolo e applica un feltrino alla gamba zoppa, ripromettendosi di dedicare più tempo e cura alle altre gambe, di pareggiarle per bene. Quella sedia l'ha fatta lui, così come il tavolo e altri mobili di legno chiaro che riempiono la casa: l'armadio in camera, una piccola credenza in cucina, e poi le mensole di varie dimensioni appese alle pareti. La ribalta di nuovo, la posa a terra, prova a sedersi per capire se traballa ancora; la zoppia sembra essere stata corretta. Dalla cucina sente Giorgia cantare con la bocca chiusa, la immagina aprire ante, cercare piatti, tenere sotto controllo il sugo nella pentola; poi, quando immaginarla non basta più, si alza e la raggiunge, e la trova ancora più bella di com'era nella sua testa, con i capelli tirati sulla nuca da una grossa pinza celeste, un vestito largo che le scende fino ai piedi, nascosti in spessi calzettoni di lana, e che dissimula le forme del suo corpo senza però impedire di intuirle.

Fabio si sente smarrito come accade tutte le volte che prende coscienza dei suoi sessant'anni e dei cinquantasette della donna che gli sta di fronte; come tutte le volte che una ruga sulla fronte, la stanchezza nelle gambe, il bisogno un po' più assiduo di orinare la notte si alleano per ricordargli che l'età del suo desiderio per Giorgia, quello che lo conduce a stringerle le cosce con le mani, a esplorarle con i polpastrelli, sembra così distante dalla sua età anagrafica. A questo smarrimento segue sempre una grande allegria, la sensazione di star ingannando il tempo, di prendersi gioco degli anni. Giorgia lo guarda, «Tutto bene tesoro?» gli dice, e lui sorride e dice, «Sì, sì, benissimo, sono solo un po' agitato per stasera». Lei poggia il cucchiaio di legno che ha appena usato per girare il sugo nella pentola e gli si avvicina, «Stai tranquillo,» gli dice «sono due ragazzi dolci. Vi piacerete». Sono in quella casa, l'ultima casa del paese vicino al limitare del bosco. Sono adulti e sono innamorati. Fabio fa il maestro nella scuola elementare del posto, quella a classi unificate in cui i bambini di quinta aiutano quelli di terza a fare le operazioni in colonna. Giorgia è un'architetta che ha lasciato la città per stare con lui. Insieme cucinano, passeggiano, leggono libri, fanno il bagno al fiume, fanno l'amore lentamente, si guardano negli occhi e con quegli stessi occhi percorrono la fisionomia delle montagne che si chiudono intorno a loro come in un abbraccio.

Poche ore dopo, Uto è davanti allo specchio del bagno della casa di montagna; si sta sistemando il colletto della polo blu che ha indossato sotto un maglione grigio scuro. I lembi del colletto vanno a piegarsi sotto la scollatura del maglione; non è più molto sicuro dell'abbinamento, dei colori che ha scelto. Quel pomeriggio, mentre si preparava, ha chiesto consiglio al fratello maggiore, che si era presentato con un po' di anticipo rispetto all'orario di partenza previsto e stava disteso sul divano a pancia in su, mentre lanciava una pallina da tennis contro il soffitto. «È meglio questo o questo?» ha chiesto, sollevando a turno un maglione grigio scuro e uno amaranto. Gesso non ha risposto. «Oh, mi ascolti?» gli ha detto Uto, e il maggiore si è come risintonizzato, ha bloccato la pallina, ha appena girato la testa, «Fanno schifo tutti e due se tieni quella maglietta». Ha indicato la polo nera che il minore aveva addosso, lui si è guardato, gli ha dato ragione.

Più tardi, in auto, il maggiore gli avrebbe chiesto, «Ma quando la finisci con queste polo e ti metti una bella camicia?», domanda buffa se fatta da un ventisettenne che indossa un maglione etnico, a righe larghe blu e verdi, con un cappuccio floscio sulle spalle. Lo ha messo perché ha detto che lassù dove è andata a vivere la madre fa freddo, più che in città. «E poi c'è la nebbia, meglio rendersi visibili». Hanno ridacchiato, sebbene non facesse ridere.

Sono arrivati all'indirizzo che la madre aveva inviato al minore tramite messaggio: la posizione condivisa sulla chat mostrava un punto in mezzo al niente, accanto a una strada tortuosa che disegnava qualche curva e poi si interrompeva. Era stata premura della madre fornire anche una piccola descrizione del percorso una volta superato il centro abitato, avvisando Uto che il navigatore avrebbe potuto fare i capricci e non trovare la destinazione. La casa che gli si è presentata davanti ha i balconi in legno, uno steccato che delimita un piccolo giardino e i muri in pietra. È una casa di montagna, un po' isolata rispetto al resto del paese. «Ma te lo saresti mai immaginato che una come mamma poteva venire a vivere in un posto così?» ha detto Uto a Gesso. Lui non ha risposto, e anche quando il minore ha oltrepassato il cancello dello steccato per andare verso la porta è rimasto fermo lì. La porta si è aperta e sulla soglia si è presentato un signore sulla sessantina, con i capelli bianchi raccolti in un codino e la barba grigio scuro. «Benvenuti» ha detto, e mentre lo diceva si capiva che era emozionato. Poi ha alzato la voce per rivolgersi al maggiore, «Forza, vieni dentro, ché fuori ci sono i lupi!».

Anche il maggiore è entrato.

Comunque ora, davanti allo specchio del bagno, l'abbinamento di colori gli pare un disastro; avrebbe dovuto mettere il maglione amaranto sulla polo blu. Sua madre però, appena si sono sfilati i giacconi, li ha guardati un attimo e ha detto, «Siete bellissimi», passando sopra alla terribile macchia di colori che formavano stando spalla contro spalla. Uto s'era quasi convinto che non fosse poi un disastro totale: lo specchio lo smentisce. Pazienza, è andata così. Prima di tornare in salotto, dove la madre, il maggiore e Fabio sono seduti, apre lo sportello che sta vicino allo specchio, spia le lozioni, le creme, i farmaci nascosti nel bagno. Sente un odore che ha già sentito da bambino, sulle mani della madre; scuote un barattolo che contiene delle pillole, si chiede cosa possano essere, decide che non sono affari suoi.

Uscito dal bagno, trova Gesso e Fabio seduti sul divano: Gesso pare appollaiato sul bordo, guarda con attenzione la colonna d'acciaio in cui sono infilati dei cd. Fabio gli sta dicendo, «Ho parecchia opera, però non mi dispiace il prog, in generale». Per un attimo sembra che non stia parlando con nessuno perché lui, il maggiore, non risponde. «A me piacciono molto i Genesis» dice Uto, inserendosi nel discorso. Fabio lo ringrazia con gli occhi per avergli risposto, poi gli indica una poltrona sistemata davanti al divano. «Vostra madre ha detto di aspettare un attimo, sta finendo di scaldare gli antipasti» aggiunge con una punta di imbarazzo. Ha paura che piombi di nuovo il silenzio, così come era prima che il minore arrivasse nella stanza. Lui lo capisce, e per questo prova a rilanciare la conversazione.

«Cosa volevi dire prima, dei lupi?» gli chiede. Fabio si illumina. «Ultimamente ne stanno scendendo parecchi in valle» dice. «I pastori sono preoccupati, e hanno chiesto al sindaco di intervenire. Ma il problema è più complesso di così». Si mette con i gomiti appoggiati sulle ginocchia, proteso verso Uto: Gesso, che è seduto vicino a lui, sembra non prestargli attenzione. «L'assessore regionale all'agricoltura ha chiesto all'Ispra… lo sai cos'è l'Ispra?» gli chiede. Uto scuote la testa. «Istituto superiore per la protezione e la ricerca ambientale» dice Fabio, con la sua aria da maestro. Il minore sa, dai racconti della madre, che Fabio insegna alle elementari. «Insomma, l'assessore vuole chiedere all'Ispra il permesso per l'abbattimento. Dice che quella sarà l'extrema ratio, ma che nel momento in cui si registrerà un'eccedenza della popolazione sul territorio allora si darà il via all'abbattimento controllato». Sbuffa, gli vengono gli occhi tristi. «Abbiamo fondato un piccolo comitato, qui, in difesa del lupo. Abbiamo anche le magliette, dopo ve le faccio vedere». Uto sorride, poi sposta lo sguardo sul maggiore, che non ha staccato gli occhi dai cd nella colonna d'acciaio. Anche Fabio lo guarda, e probabilmente pure lui ha la sensazione di assistere al prologo di un disastro. Ma la cena è ancora peggio di quanto Uto potesse immaginare.

Sono lì, tutti e quattro insieme, in quella casa di montagna: la madre ha apparecchiato la tavola con piatti piani e fondi, con le forchette per antipasto, primo e secondo, e il cucchiaino del dolce. Sembra aver riprodotto fedelmente la tavola di un ristorante. «L'ho copiato da una foto su un giornale» dice arrossendo, mentre Fabio le stringe la vita. Sono lì, tutti e quattro insieme, in quella casa di montagna, perché quella è la casa che la madre e Fabio hanno scelto per vivere, e vogliono condividere questa scelta con loro, Uto e Gesso, i figli della madre ma non di Fabio, che di figli non ne ha. Chissà se li avrebbe voluti, chissà se li avrebbe avuti se avesse incontrato Giorgia trent'anni prima. Chissà se quei figli sarebbero stati simili a Uto e Gesso, una copia dei possibili Uto e Gesso che non sarebbero nati, o chissà se sarebbero stati totalmente diversi, sia nei nomi che nei gesti. Uto ci pensa, ma nessuno di questi pensieri lo turba.

Perché è felice: vede la cura che la madre ha messo in quella cena, e la devozione di Fabio, e non può che sentirsi felice per la donna che lo ha fatto nascere e che ora, per la prima volta, vede innamorata di qualcuno che non sia lui, o suo fratello. È felice, e nonostante quella parola in passato gli sia suonata spesso insincera è proprio la parola giusta per descrivere come si sente adesso, seduto a tavola, mentre cerca di dimenticare la sensazione che quella felicità potrà essere rovinata da Gesso, che è seduto accanto a lui, con lo sguardo fisso sul bicchiere pieno d'acqua.

La madre ha preparato una sfilza di antipasti, tre freddi e tre caldi, che porta contemporaneamente a tavola perché non sa scegliere un ordine in cui servirli; c'è un certo caos nel passaggio dei piatti, che di mano in mano vengono riempiti di uova, peperoni, vitello tonnato, pomodori ripieni, flan di zucca, acciughe al verde. Nel momento in cui i piatti di antipasto vengono posati su quelli fondi, incastrandosi senza intoppi, Gesso si alza dal tavolo e dice, «Scusate, non mi sono lavato le mani». Sparisce in bagno.

Uto, la madre e Fabio si guardano; ci sarebbe l'argomento dei Genesis da continuare, o quello dei lupi, ma né Uto né Fabio riescono a riallacciare i discorsi lasciati aperti per tentare di salvarsi dal silenzio. Così Uto si sforza e pensa a un argomento nuovo, sceglie il cinema, chiede a Fabio quale è il suo film preferito, e da lì in poi la situazione si sblocca, è in discesa. Gli antipasti nel piatto si freddano, e la madre si alza lasciando i due a chiacchierare al tavolo; va verso la porta del bagno, abbassa la maniglia ma non riesce a entrare, perché Gesso si è chiuso dentro. Appoggia l'orecchio alla porta e non sente nessun rumore, allora si accovaccia sulle gambe e porta la bocca all'altezza della serratura, una premura inutile ma che in quel momento le pare necessaria per annullare la barriera che la separa dal figlio. Attraverso la serratura parla, dice, «Gesso», lo chiama per nome, chiede a suo figlio maggiore di uscire, di tornare da loro. Dall'altra parte non arriva nessuna risposta, allora lei prova ad aumentare il volume di voce, cercando di non sembrare aggressiva, o preoccupata, o impaziente, cercando di eliminare dalla propria voce qualsiasi sfumatura che potrebbe rompere l'equilibrio, far fallire la mediazione. «Gesso,» dice «va tutto bene?». Sta lì, accovacciata sulle gambe, con la bocca appiccicata alla serratura, e all'improvviso le vengono in mente quei film d'azione in cui entra in scena il personaggio nei panni del negoziatore, che accorre sulla scena per trattare con chi ha in mano gli ostaggi, ricorrendo a una serie di armi retoriche che, puntualmente, fanno capitolare il rapitore. Ma in questa situazione, chi è il rapitore, chi l'ostaggio? È possibile che Gesso interpreti entrambe le parti, contemporaneamente?

«Gesso, per favore, rispondimi» dice, e non riesce a nascondere un po' di stanchezza nella voce, se ne pente subito. «Dimmi solo che è tutto ok» aggiunge. «Ora arrivo,» dice lui «arrivo, voi iniziate». Allora lei vede uno spiraglio, e commette un errore nella negoziazione. «Ma tra quanto arrivi?» gli chiede, e capisce che questa domanda potrebbe costare la vita agli ostaggi, così quando lui risponde, con un volume di voce leggermente più alto di prima, «Mi puoi lasciare un po' di spazio?», lei non può che abbandonare la trattativa, ritirarsi. «Va bene Gesso. Allora noi iniziamo» dice, e si alza sulle gambe, e le articolazioni delle ginocchia, mentre si tira su, fanno tac.

Quando si risiede a tavola ha un sorriso stiracchiato che le tende le labbra, su cui è rimasto solo un velo del rossetto che aveva messo prima che i figli arrivassero, un bordino incrostato al centro del labbro inferiore, lì dove la pelle è più screpolata; taglia a metà un uovo ripieno e dice, «Credo che possiamo iniziare a mangiare». Uto e Fabio la osservano mentre mastica a bocca chiusa, come se anche loro dovessero imparare a farlo, memorizzare i movimenti per apprendere la sequenza corretta; poi, insieme, ripetono il gesto. Mangiano.

Fingono di convincersi che sia così, che Gesso non sia mai salito in auto con Uto, che sia rimasto in città, a guardare la televisione o forse impegnato in qualche lavoro, un progetto grafico da consegnare a uno di quegli studi per cui lavora da freelance, mettendo a frutto (saltuariamente e con grande caos, ma con una dose di talento che alla fine fa passare in secondo piano la sua mancanza di organizzazione) i tre anni di studio all'Accademia di Belle Arti. «Ah, ha studiato arte?» chiede Fabio, che di sicuro già lo sapeva, e la madre dice, «È lui l'artista di famiglia». E poi Uto aggiunge, «Adesso ha deciso di fare pratica con la falegnameria». La madre è curiosa, non lo sapeva: Gesso non le dice mai nulla, confessa ridendo, ma si vede che è una cosa che la rende infelice.

«Sì, si è messo a progettare delle macchine».

«Delle macchine tipo... delle auto?» chiede Fabio.

«No, non delle automobili. Sono proprio delle macchine fatte in legno». Fabio annuisce anche se si vede che non sta capendo. «Ma... che genere di macchine?», e Uto fa un po' fatica a rispondere a questa domanda, e gli viene in mente solo

Leonardo da Vinci, che è una risposta che fa un po' ridere, però lo dice, «Hai presente Leonardo da Vinci? Macchine così, ecco». Però Fabio rilancia, sinceramente incuriosito, «E a cosa servono?» chiede. «Beh, a volare. Credo» dice Uto. «Solo che non funzionano» aggiunge tormentando con la forchetta il peperone giallo che ha nel piatto. «Cioè penso che sia questo il punto, costruire delle macchine che sembrano funzionare ma poi non funzionano». Gli sembra una cosa stupida da dire, allora butta giù un sorso d'acqua, poi si sente quasi in dovere di aggiungere, «Ma è molto bravo».

Tutti e tre annuiscono, a rimarcare che quella certezza lo rende immune da altre critiche. Che lo giustifica. Che sancisce che non c'è più bisogno di parlare di lui e delle macchine che non funzionano.

Uto si macchia il maglione con il sugo ai funghi, Fabio si offre di prestargliene uno, lui rifiuta. Lo metterà a lavare una volta arrivato a casa, dopo aver guidato lungo l'autostrada per un paio d'ore. «Certo che sarà scomodo rendere queste cene un rito» gli dice Fabio quando sono al dolce e la madre è andata in cucina a preparare il caffè. «Ci si abitua a tutto» risponde Uto, e ne è veramente convinto.

Quando stanno sorseggiando l'amaro (che Uto ha rifiutato, perché sa di dover guidare), l'esercizio di assenza che hanno condotto loro tre insieme viene interrotto da quello che recitava il ruolo dell'assente: Gesso compare sulla porta del salone, va a sedersi sulla sedia che ha lasciato vuota.

Nel piattino degli antipasti sono rimaste le cose che non ha neppure toccato; mangia tutto senza parlare, impedisce alla madre di riscaldare gli antipasti caldi che ormai caldi non sono più. Quando ha finito ringrazia, dice che è a posto così.

«Era tutto molto buono, grazie mamma».

«Prego, Gesso».

Emma e Gesso

Emma sfoglia la rivista e pensa che in passato l'autogrill è stato un posto felice.

Era la tappa del viaggio sulla strada del ritorno, quella con cui lei e i suoi genitori provavano a ingannare il rientro, ad allungare il tempo della vacanza. Il panino con la cotoletta caldo aveva la maionese tra la fetta di carne e il pane; la panatura non era mai croccante, ma morbida, e si sbriciolava in bocca. Il pane non era fatto di pane, ma di qualcosa che gli si avvicinava molto. Prendevano una bottiglietta di Coca-Cola e la dividevano in tre; Gianni si sdraiava sul pavimento e sonnecchiava mentre loro mangiavano guardando sempre tratti di autostrada diversi, che si somigliavano tutti.

Lo ricorda distintamente, anche se è un ricordo che viene da un tempo lontanissimo: ogni tanto, quando fa il turno di giorno, cerca con lo sguardo una famiglia seduta a un tavolino, controlla se hanno un cane, controlla se sono felici. Se tutte queste variabili vengono soddisfatte, allora strizza gli occhi fino a sfocare l'immagine, e riesce a vedersi lì: lei ha tredici anni, Gianni è ancora giovane, con il pelo arancione, e i suoi genitori non hanno ancora iniziato a litigare. Sua madre si sofferma a lungo davanti agli scaffali dei biscotti, e insieme provano a fare una classifica di quelli più buoni: a volte capita anche che ne comprino un pacco, da mangiare in auto. Lasciano le briciole dappertutto.

È lì che le è sembrato di vederla, la mattina del 13 luglio. Aveva staccato dal turno alle sei, dopo aver servito già parecchie colazioni a chi percorreva quell'autostrada ogni giorno per lavoro. Era andata a cambiarsi nello stanzino del personale, piegando la divisa e prendendo dall'armadietto lo zaino, il cappellino.

Stava uscendo dalle porte scorrevoli quando l'aveva vista: in piedi di fronte agli scaffali dei dolci, leggeva la lista degli ingredienti sul retro delle scatole. Emma aveva iniziato a sentire il cuore tamburellarle nelle orecchie, attutire i suoni circostanti. Da quando se n'era andata, neanche una telefonata, neppure un messaggio. E ora era lì. Si era avvicinata lentamente, con la mano che tremava le aveva scosso la spalla, «Mamma?».

La signora che si era girata a guardarla non era sua madre. Le aveva rivolto uno sguardo dolce, le aveva detto, «Mi sa che hai sbagliato persona, cara», e poi era tornata a dedicarsi alle due scatole di biscotti tra cui non riusciva a decidersi. Dentro Emma si era sfilacciata per sempre la speranza che aveva ostinatamente tenuto in vita da quando la madre era andata via senza lasciarsi dietro nulla, neppure un indumento, una boccetta di profumo, uno dei suoi gioielli di bigiotteria. Emma era corsa in auto, aveva avviato il motore e si era messa a guidare verso casa.

Perché se n'era andata? Perché ogni volta che componeva il suo numero di telefono a risponderle era sempre quella voce automatica che la avvisava che il numero digitato era inesistente?

Di come tutto fosse iniziato Emma ha dei ricordi sfocati: una mattina in cui sua madre non si era alzata da letto fino a tardi e, quando era scesa al piano inferiore, li aveva trovati già seduti a tavola a pranzare; una sera in cui era tornata a casa ubriaca e con suo padre si era chiusa in cucina a litigare, mentre lei e Gianni stavano sdraiati sul letto nella stanza di sopra, facendosi calore a vicenda. I capelli sempre più lunghi, una nuova gamma di silenzi rivolti a suo padre, così feroci che Emma aveva dubitato che i due adulti che si scambiavano quegli sguardi indicibili fossero le stesse persone che solo pochi anni prima si davano il cambio alla guida durante i viaggi lunghi, tenendosi la mano a vicenda. E poi: una sera a cena con degli amici, quando sua madre aveva rotto un bicchiere poggiandolo con troppa forza sul tavolo.

Quell'episodio si staglia con una nitidezza paradossale nella narrazione privata della catastrofe che Emma si è creata in testa: l'unico episodio a cui non mancano tasselli, ricco di dettagli, la luce, gli odori persino, ogni cosa sembra dolorosamente chiara – o forse è lei che, ritornando così spesso in quella stanza, non ha fatto che arredarla per tutto questo tempo? Aggiungere dettagli: una lampada, i fiori come centrotavola, un disco di sottofondo nell'impianto stereo di suo padre, i cucchiaini per il dolce messi in orizzontale tra il piatto e il bicchiere. Le cose che precipitano tutte d'un colpo, anche se la verità è che stanno precipitando da mesi, ma quella volta accade davanti agli occhi di tutti, e non si può più negare.

Erano seduti a tavola: lei non era uscita, era un mercoledì sera, il giorno dopo aveva lezione all'università e non aveva voglia di andare a dormire tardi. A cena c'era una coppia di amici dei suoi genitori: niente figli, l'uomo era stato compagno del padre alle superiori (Geometri, entrambi), la donna era una signora bassa e premurosa che si era scusata parecchie volte per aver portato un tiramisù troppo piccolo: non immaginava che ci sarebbe stata anche la ragazza. Nessuno aveva dato peso alla cosa, tanto la madre di Emma mangiava come un canarino; lo aveva sempre fatto, ma da un po' di tempo era anche peggio, era diventato quasi straziante vederla tagliare tutto in parti piccolissime, mescolarle nel piatto, pizzicare con pollice e indice la mollica del pane e sbriciolarla tra i polpastrelli prima di mangiarla. Suo padre stava aprendo una bottiglia di vino per il dolce, gli amici dei suoi genitori si erano accesi una sigaretta, sua madre stava facendo le porzioni da mettere nei piattini che Emma le passava, cercando di scrutarla, di capirla. Per tutta la cena era stata ostile e silenziosa; il padre si era speso per far sentire tutti a proprio agio, parlando più del solito, raccontando storie, elencando gli odori piantati nell'orto. Poi aveva tentato il tutto per tutto: lui e la madre avevano quel pezzo così consolidato, quello della coppia di ladri. Era il loro aneddoto preferito, quando lo tiravano fuori, anche se ormai lo conoscevano tutti, li si sarebbe voluti ascoltare altre mille volte passarsi la parola, rispettare i tempi comici, alimentare una mitologia fatta di dettagli sempre nuovi, sempre più lontani dal vero. Ora a Emma viene da chiedersi: È dai miei genitori che ho imparato ad arredare le stanze vuote della mia memoria con così tante cianfrusaglie? Cosa c'è di vero in tutto questo, quante cose sto costruendo io, con il semplice atto di ricordare? E comunque, il padre aveva chiesto ad alta voce, «Vi abbiamo mai raccontato del nostro furto in Riviera?». Perché lo aveva fatto?, si chiede Emma. Aveva forse pensato di farla ridere? O di rammentarle che in passato erano stati alleati? Emma riesce a vedere lo sguardo gelido di sua madre come se fosse lì di fronte a lei, il modo in cui aveva bevuto il vino che aveva nel calice in un'unica sorsata, come lo aveva appoggiato sul tavolo con forza, in un colpo, rompendolo, i frammenti che erano schizzati dappertutto sulla tovaglia mentre lo stelo era rimasto intatto.

«Io di quel giorno ricordo solo un'esplosione e una ragazza che non abbiamo soccorso; il resto è una storiella che ci raccontiamo perché noi facciamo così, andiamo avanti senza mai guardare indietro» aveva detto sua madre. Poi si era alzata da tavola, aveva preso le chiavi della macchina ed era tornata solo la mattina. Una settimana dopo le sue cose non c'erano più, lei non c'era più. Quella coppia di amici non aveva mai richiamato suo padre, neppure quando aveva saputo che era rimasto solo.

Ripensando poi a quella mattina di luglio con lucidità, a distanza di tempo, Emma ha realizzato che era impossibile che quella donna che leggeva gli ingredienti dei biscotti di fronte agli scaffali dell'autogrill fosse davvero sua madre, per via della tranquillità che la sua schiena, i suoi capelli, il suo modo di tenersi in equilibrio sulle gambe trasmettevano. Eppure quel giorno aveva davvero voluto crederci, ed era rimasta delusa.

Aveva preso lo svincolo autostradale che l'aveva immessa su una statale a una corsia, un rettilineo che tagliava in due macchie boschive in un susseguirsi di ponti che guadavano fiumi quasi in secca. Alla grossa rotonda prima del paese aveva girato a destra, dove la strada si faceva più stretta e ripida e si attorcigliava in una serie di curve che l'avrebbero condotta a casa. Aveva fatto tutto questo, le pareva di ricordare, senza emettere un suono, forse senza respirare; l'aveva accompagnata solo il rumore del motore che si lamentava del fatto che non avesse mai cambiato marcia dopo aver inserito la seconda al casello autostradale. Il sole era definitivamente sorto, l'aveva accecata attraverso il vetro sporco del parabrezza e lei aveva imboccato il vialetto che portava al cancello di casa sua quando Gianni era spuntato dal campo lì vicino, si era messo a farle le feste proprio davanti all'auto, e a quel punto si era resa conto di aver disimparato a guidare. La macchina andava avanti da sola e lei non sapeva cosa farci: non sapeva muovere i piedi, non sapeva come coordinare i movimenti delle gambe con quelli delle mani, non ricordava quale fosse l'acceleratore, quale il freno, quale la frizione.

Il suo operatore telefonico aveva idea di come suonasse la parola «inesistente» alle orecchie di qualcuno che desiderava così tanto sapere che la persona che stava cercando era ancora da qualche parte, lì nel mondo?

Il vuoto non si era riempito neppure quando l'auto aveva preso in pieno Gianni, quando il Golden retriever si era capottato sul cofano ed era caduto giù, di lato, mentre la macchina con dentro Emma finiva contro il cancello.

Non era riuscita a muoversi neanche quando l'auto si era fermata, non era riuscita a togliere il piede dall'acceleratore né a sganciare la cintura di sicurezza che le tagliava il costato e che, nell'impatto, si era irrigidita lasciandole una lunga abrasione all'altezza della clavicola. Era rimasta in silenzio, in ascolto, e da lontano aveva guardato la porta di casa aprirsi e suo padre in pigiama apparire sulla soglia e vederla lì immobile, lo aveva guardato cambiare postura e prepararsi alla corsa; come in una scena al rallentatore lo aveva osservato precipitarsi giù per il vialetto, e il suo campo visivo si era riempito di lui che diventava man mano più grande, e le sue orecchie avevano di colpo smesso di fischiare ed erano state catapultate di nuovo nel mondo dei suoni da un guaito che proveniva da destra, il guaito di Gianni che non era morto.

Suo padre l'aveva tirata fuori prendendola in braccio, l'aveva messa a sedere a terra e poi era corso a occuparsi del Golden retriever che mugolava, e con un controllo che ancora oggi le pareva lodevole aveva tenuto sott'occhio entrambi, la figlia e il cane, mentre disincastrava l'auto dal cancello, l'auto che nonostante avesse il cofano distrutto si muoveva ancora. Li aveva caricati entrambi in macchina, facendo tappa al pronto soccorso e dal veterinario, ed entrambi ne erano usciti bene: lei con un collare di gommapiuma al collo per via del colpo di frusta e il cane con tre zampe steccate.

Avevano passato parecchi pomeriggi sul divano, lei e Gianni, ed Emma aveva sussurrato al cane parole di perdono, di amore, di tristezza. Tutti e due avevano riportato delle ferite che il tempo non aveva rimarginato: Gianni non avrebbe ripreso a correre per le montagne, Emma non avrebbe ripreso a guidare. Suo padre non aveva insistito dopo le prime disastrose lezioni di quello che chiamava «riavvicinamento alla guida», quando era stato chiaro che il corpo di Emma aveva rimosso completamente una serie di movimenti e che si sarebbe rifiutato, da lì in poi, di memorizzarli di nuovo. Né aveva provato a indagare a lungo sulla causa scatenante di quella paralisi improvvisa; né, infine, aveva detto niente quando la figlia aveva annunciato di aver cancellato il numero della madre dalla memoria del cellulare e da quella del telefono cordless che avevano in casa.

Se inesistente era quello che voleva essere, allora avrebbe davvero smesso di esistere.

«Scusami, non voglio interromperti, potrei avere un caffè?» le dice.

«Oh cazzo». Emma sobbalza, si libera della rivista facendola cadere a terra e si passa una manica sugli occhi: davanti a lei c'è un ragazzo con un giaccone verde, lungo fino alle ginocchia, il cappuccio alzato. Sotto il cappuccio intravede dei capelli scuri, raccolti forse in una coda, due sopracciglia folte, gli occhi, il naso, la bocca: una faccia anonima. Sotto il giaccone, un maglione a righe colorate.

«Ma certo, scusami» fa lei.

«Non c'è problema».

Emma si volta verso la macchina del caffè e una specie di pensiero automatico le blocca le gambe e le sussurra all'orecchio che ora quel ragazzo le farà del male, le farà del male e lei morirà in un posto di passaggio lungo l'autostrada in una notte di neve. Il suo corpo sembra incapace di compiere qualsiasi movimento, mentre alle sue spalle sente il ragazzo muoversi, tirare giù la cerniera del giaccone.

«Americano» le dice lui.

Le mani le scivolano sulle tazzine, non capisce, si schiarisce la voce, «Cosa vuol dire?».

«Il caffè. Lo vorrei americano e da portare via. Si può?».

Una risata le parte dallo stomaco, non riesce a trattenersi e perciò si volta verso il ragazzo chiedendo scusa, e ora può vederlo per intero, con la faccia scorticata dal freddo, i capelli scuri e lunghi, un bel ragazzo, tutto sommato, che la osserva accigliato mentre lei continua a ridere.

«Scusami, ogni tanto mi capita, deve essere una cosa nervosa» dice Emma, prendendo un bicchiere di carta in cui rovesciare il caffè e allungarlo con dell'acqua calda. Lo guarda di nuovo in faccia, si sofferma sulle labbra blu. «Fa tanto freddo?» gli domanda, e lui alza le spalle. A farci caso, deve aver patito un freddo indicibile prima di entrare lì: Emma quasi si chiede se non abbia viaggiato coi finestrini abbassati, per essere in quelle condizioni.

Gli consegna il bicchierone, coperto da un tappo di plastica. «Sono quattro euro» gli dice, vergognandosi un po' dei prezzi truffaldini del bar.

Lui rovista nella tasca, tira fuori delle monetine, le contano insieme con gli occhi, tre euro e quaranta: non sono abbastanza.

«Mi dispiace,» dice lui guardandosi le scarpe «è quello che ho. Mi sa che ho lasciato il portafoglio in macchina».

«Beh, se vuoi puoi andare a prenderlo, io non mi muovo da qui» dice Emma, e sorride, perché non vuole essere sgarbata pur avendo deciso di non fare lo sconto all'unico cliente di quella notte.

Lui sembra pensarci un attimo, poi le dice che purtroppo non è possibile, perché la sua macchina è lontana, e lui è arrivato a piedi.

«A piedi in autostrada?» chiede lei, e di nuovo il suo corpo si irrigidisce, come se avesse fiutato il pericolo. Lui di nuovo alza le spalle, e dice, «Senti, non importa, il caffè posso anche non berlo», poi si chiude il giaccone, tira su il cappuccio, si gira e va verso le porte scorrevoli, e il corpo di Emma si rilassa, come se il pericolo fosse passato, e lei pensa sono salva, pensa che ora Paolo tornerà e lei cercherà di stemperare l'imbarazzo raccontandogli di un pazzo che sosteneva di aver camminato lungo l'autostrada pur di farsi fare uno sconto. Il ragazzo è quasi uscito, le porte scorrevoli si sono aperte, da fuori entra il freddo e Emma sente il freddo che la raggiunge alle braccia e pensa: E se fosse vero? Se non mi stesse dicendo una bugia? L'idea le sembra assurda, ma subito smette di pensare e dice solo, «Aspetta».

Il ragazzo si volta.

«Prendilo» dice lei, e solleva il caffè dal bancone. Lui le sorride, torna indietro, prende il bicchiere che è tiepido, e il calore passa dalla mano della ragazza alla sua, e quando lui le dice «grazie» lei rimane con la mano tesa, sulla pelle il ricordo di quel calore che il ragazzo si è preso con sé, oltre le porte scorrevoli, nella bufera di neve.

Guarda la sua schiena allontanarsi, guarda il cappuccio illuminato dall'insegna della stazione di servizio, lo guarda andare via. Dopo pochi passi, resta solo la notte.

Dopo

Si sarebbe svegliata la mattina presto, per colpa della nausea dovuta ai troppi gin tonic bevuti la sera prima. Il letto sarebbe stato appiccicoso di sudore; avrebbe cercato sollievo girandosi a pancia in su e provando ad allargare gambe e braccia, che si sarebbero però scontrate con un altro corpo, quello del ragazzo addormentato accanto a lei. Quel letto singolo sarebbe parso per la prima volta davvero troppo piccolo per due persone intrappolate in un groviglio di lenzuola umide.

Rinunciando alla possibilità di conquistare la posizione supina, si sarebbe rannicchiata sul fianco dando le spalle al muro e al ragazzo addormentato, con una mano avrebbe cercato a tentoni il cellulare appoggiato sul comodino. Appena sbloccato, lo schermo le avrebbe restituito un fascio di luce bianca che avrebbe causato una nuova ondata di nausea. Si sarebbe concentrata, avrebbe stretto gli occhi, letto l'ora. Un messaggio avrebbe attirato la sua attenzione; l'anteprima mostrava il mittente, Carlo, un suo compagno di Medicina. Lei e Carlo si erano scambiati degli appunti, avevano ripetuto insieme una o due volte prima di un esame, niente di più. Il fatto che nelle ultime ore si fossero scritti più che in un anno intero di università testimoniava l'eccezionalità della situazione. Con il dito avrebbe sbloccato lo schermo per leggere il messaggio, che iniziava così: «Silvia, mi dispiace darti la brutta notizia di prima mattina». I suoi occhi si sarebbero concentrati sul suo nome scritto lì, all'inizio della comunicazione, come per sincerarsi che quell'annuncio arrivasse a lei, proprio a lei. «Alla fine hanno trovato il fratello di Uto» continuava il messaggio. «Purtroppo è mancato».

Mancare, quel verbo, una scelta banalmente eufemistica di Carlo, che si era limitato a riportare una notizia arrivatagli da qualche altro compagno di università, con l'intenzione di non escluderla del tutto da un discorso che probabilmente correva rapido in gruppi WhatsApp da cui lei, che viveva fuori e – soprattutto – che non stava più con Uto, era ormai esclusa, una notizia di seconda o terza o quinta mano, già stropicciata e logora come le lenzuola che Silvia avrebbe scalciato via con i piedi per liberarsene. Mancare, avrebbe pensato Silvia, mai verbo sarebbe stato più azzeccato. «Essere assente o essere presente in quantità scarsa o insufficiente», così avrebbero recitato i primi risultati emersi su Google, o ancora «non trovarsi in un luogo in cui si è normalmente tenuti a essere», per non parlare poi di «non presentarsi a un luogo o a una situazione convenuti» o anche «venire meno a un impegno preso». Ci sarebbe mai stato un verbo più adatto a descrivere la presenza di Gesso sulla terra?

Senza rispondere a Carlo, avrebbe aperto la chat con Uto, riletto l'ultimo messaggio che gli aveva scritto la mattina precedente, «Ho saputo, tienimi aggiornata». Nessuna risposta.

La nausea sarebbe aumentata e si sarebbe trasformata in un conato di vomito, che l'avrebbe portata ad alzarsi di corsa dal letto e, con la mano davanti alla bocca, a raggiungere il bagno; piegata sulla tazza del gabinetto avrebbe vomitato pezzi di taralli, qualche carota cruda, alcol e bile, fino a sentire lo stomaco contorcersi e gli addominali affaticati per lo sforzo.

Quando non ci sarebbe stato più niente da buttare fuori avrebbe tirato lo sciacquone e si sarebbe appoggiata con la testa alla tavoletta del water. I rumori provenienti dall'altra stanza le avrebbero fatto intuire che il ragazzo si stava alzando, sorpreso dalla sua assenza. Con un piede avrebbe chiuso la porta del bagno, celandosi alla vista di lui, fermo nel corridoio. Lo avrebbe sentito chiedere, «Silvia, stai bene?», e di nuovo si sarebbe interrogata su quell'insistenza a ripetere il suo nome, come se fosse necessario farla esistere nel mondo ancorandola in quel modo alla realtà, chiamandola. Sarebbe stato sufficiente questo, ripetere un nome, per non far franare via tutto?

Con gli occhi chiusi, ci avrebbe provato: *Gesso*, avrebbe detto a voce bassa.

Gesso, Gesso, Gesso, Gesso.

Gesso.

Gesso.

Cinque anni prima

È settembre: Uto apre gli occhi a causa del sole che passa attraverso le tende, filtra dal vetro senza incontrare l'ostacolo di nessuna tapparella. Ci mette un attimo ad abituarsi all'idea di essere sveglio, si guarda intorno per tracciare le coordinate del posto in cui si trova. Le pareti di legno, un'enorme cassettiera di abete rosso, qualche foto appesa ai muri che non riesce a mettere a fuoco, le coperte color panna, il lenzuolo bianco accartocciato tutto dal suo lato, i cuscini alti e Silvia che dorme sul bordo del letto con un braccio giù dal materasso, quasi a toccare il tappeto. Le si avvicina, si rannicchia nel suo calore, chiude gli occhi ancora per un po': sono solo le sei di mattina.

Qualche ora dopo sono svegli, sono seduti vicini sul treno regionale che li porterà dalla montagna verso la città. Hanno preso una corriera per arrivare in stazione, corso per salire sul vagone che già si apprestava a lasciare la banchina: hanno le facce accaldate, un po' di fiatone. Si sono conosciuti a settembre dell'anno precedente durante un soggiorno in Inghilterra per imparare l'inglese. Erano all'ultimo anno di liceo e frequentavano scuole diverse, lei il Classico, lui lo Scientifico.

Non si erano mai incrociati prima: si erano piaciuti subito. Lei aveva un top annodato dietro il collo da due cordini, l'ombelico scoperto e un paio di pantaloncini corti, i capelli ricci raccolti sulla testa in una coda altissima. Uto teneva le mani in tasca quando le si era avvicinato pensando: Non c'è nessuna possibilità che questa ragazza voglia parlare con me. Ora, un anno dopo il primo bacio che si sono dati sul molo di Brighton, stanno per iniziare l'università: sono entrati entrambi a Medicina, ma in due canali diversi (il cognome di Silvia inizia per P, quello di Uto per C). Hanno ringraziato la sorte di essersi conosciuti prima che l'alfabeto li separasse e non desse loro l'occasione di sedersi accanto a lezione. L'estate è finita, e Silvia e Uto l'hanno passata insieme: all'inizio con degli amici in comune a Valencia e dopo da soli, due settimane nella casa in montagna dei genitori di Silvia. Si sono detti cose che fino a qualche mese prima avrebbero considerato ridicole, persino oscene, ma che adesso suonano giuste e naturali. Ora stanno tornando in città, per andare a vedere la discussione della tesi di Gesso, il maggiore. A inizio estate Uto ha chiesto a Silvia di accompagnarlo, per farle conoscere il fratello. Lei ha sgranato gli occhi sorpresa. «Non sapevo che avessi un fratello» ha detto. Lui si è guardato la punta delle scarpe (era sera, stavano bevendo una birra in un quartiere famoso per la movida in città, appoggiati al muro di un palazzo) e le ha detto che sì, lo aveva, ma era complicato. Silvia aveva riso, «In che senso complicato?». «In un senso complicato» aveva detto lui. «Non l'ho mai visto a cena» aveva risposto lei, che più volte aveva mangiato allo stesso tavolo di Uto e della madre. «È perché vive da solo, e neanche noi lo vediamo molto».

In effetti, quel giorno di settembre, Uto e sua madre gli stanno facendo una sorpresa: Gesso non ha ufficialmente comunicato la data della discussione della tesi, nonostante le insistenze della madre. Ha passato l'estate intera da solo in città, declinando gli inviti al mare, per finire di scriverla. Controvoglia, ha ammesso che la seduta di laurea si sarebbe tenuta nella finestra tra l'11 e il 15 settembre, ma non ha dato altre informazioni. Il minore è andato sul sito dell'Accademia di Belle Arti e ha cercato il calendario di discussione delle tesi: ha letto la convocazione per la classe di scultura, 14 settembre alle ore dieci in Aula Magna, poi ha chiamato la madre e l'ha avvisata. A Gesso non hanno detto niente, per evitare che lui si arrabbiasse, o che li respingesse. È un periodo in cui non parlano tanto, e la distanza tra loro è grande: Uto si è reso conto che la madre non affronta quasi mai l'argomento, e lui a sua volta si è adeguato.

Così è lì che stanno andando, nell'Aula Magna dell'Accademia di Belle Arti, ed è lì che Silvia e Gesso si incontreranno per la prima volta. Il minore non è sicuro che quella sia l'occasione migliore per l'incontro, ma ci ha pensato tanto e in effetti ha capito che non esiste occasione migliore o peggiore con il maggiore, che bisogna un po' tentare la sorte. Silvia si è messa un vestito giallo a fiori stretto in vita che si apre a corolla fino alle ginocchia: la sua pelle abbronzata e i capelli scuri, ricci, risaltano in tutta la luce che emana, e a lui, al minore, sembra perfetta. Uto ha i capelli biondi abbastanza lunghi da raccoglierli in un piccolo chignon sulla testa: si è messo una camicia di lino chiaro che gli sta un po' larga sulle spalle ossute, ma che lo fa sembrare più adulto. Ha scelto i pantaloni lunghi, perché con quelli corti le sue gambe lunghissime e senza peli sembrano quelle di un personaggio dei cartoni animati.

Uto è convinto che Silvia sia quella giusta, perché è giovanissimo e ancora crede che esista una persona giusta per ciascuno sulla terra, e quella per lui è senza dubbio Silvia. Dopo la rivelazione, lei non ha fatto altre domande sul motivo per cui le aveva tenuto nascosta l'esistenza di Gesso. Ha iniziato a parlare della cosa in modo del tutto normale, chiedendogli qual era l'argomento della tesi del fratello, che tipo di artista volesse diventare, quale fosse il suo aspetto fisico. Uto ha provato a descriverglielo nel modo più asciutto possibile: mi somiglia molto, ma ha i capelli più scuri e porta la barba. È uno scultore. Non fa proprio una tesi, deve portare credo un suo lavoro e parlarne, parlare in generale della sua ricerca artistica, non so. Nonostante Silvia fosse affamata di particolari, non ha insistito a lungo. Solo un giorno, dal niente, gli ha detto che si sentiva molto onorata di avere la possibilità di incontrare Gesso.

La madre li aspetta all'ingresso dell'Accademia: ha i capelli tirati su in una coda stretta, il corpo asciutto sottolineato da una tuta di seta dai colori pastello. Silvia la saluta con un bacio sulla guancia. «Sta benissimo signora», le dice, e lei fa una smorfia imbarazzata. «Non sarò un po' troppo elegante?». Si vede che è agitata, ed emozionata: ha tra le mani un mazzo di fiori bianchi e, appesa al braccio come se fosse un bracciale di dimensioni sproporzionate, una corona di alloro. Dice che è stata attenta a non farsi beccare in corridoio, per non rovinare la sorpresa a Gesso. Dice che non le sembra di averlo visto, ma che probabilmente è già dentro. Uto si guarda intorno anche se non vorrebbe, e lei lo nota subito. «Non l'ho avvisato» gli dice, e a tutti i presenti, anche a Silvia, è chiaro che il soggetto della frase è il padre di Uto e Gesso. «Probabilmente è in barca a vela con una delle sue nuove fiamme» dice la madre sistemandosi i capelli. «O sta lanciando un brand di abbigliamento etico che riproduce le magliette delle squadre di calcio in fibra naturale» aggiunge Uto. «Ma una bella start-up con qualche studente del Politecnico?» fa Silvia, che è molto appassionata dei racconti rocamboleschi sul padre di Uto ma che ora si spaventa, perché ha paura di aver esagerato in presenza della madre. Lei invece scoppia a ridere: è questo che ormai fanno di fronte alle assurdità del padre, ne ridono, ed è triste, ma è l'unico modo che conoscono per tenere a bada la rabbia.

Attraversano il lungo corridoio di un edificio che qualche decennio prima doveva apparire magnificente, ma che oggi sembra solo l'ombra di sé stesso: sulle pareti, una fila di bacheche di sughero a cui sono appesi annunci di stanze in affitto, ripetizioni, bici in vendita, spettacoli autoprodotti. Nell'Aula Magna c'è un nutrito gruppetto di parenti dei laureandi: molti nonni, molte cravatte, un bambino piccolo che piange ininterrottamente. Loro tre si siedono in una fila centrale, occupano i posti verso il corridoio: la madre indugia in piedi, scruta la prima fila, quella dove sono seduti gli studenti in attesa di essere chiamati dalla commissione, per cercare il figlio. Poi si siede, avvicina la bocca all'orecchio di Uto e dice, «Tuo fratello non c'è». E poi aggiunge, «Sei sicuro di aver letto la convocazione della classe di scultura?». Uto prende il cellulare, ricontrolla sul sito dell'Accademia, 14 settembre alle ore dieci. Il primo candidato ha iniziato a parlare. La madre si guarda intorno spaesata; solo Silvia sembra non essersi accorta di nulla, sta con il busto piegato in avanti e gli avambracci poggiati sulla poltroncina davanti alla sua, e ascolta con genuino interesse il candidato che illustra delle sculture di marmo che ha di fronte a sé, parlando della ricerca che lo ha condotto a quel materiale e a quelle forme. Allora Uto si alza, chiede permesso alla madre ed esce, si dirige verso la bacheca che sta vicino all'aula in cerca di informazioni e trova la convocazione delle tesi del giorno, che a differenza dell'avviso sul sito riporta anche nome e cognome dei candidati: è una lista breve, una decina di nomi, e non gli ci vuole molto a realizzare che quello di suo fratello non c'è.

Rientra, si avvicina alla madre e le si accovaccia accanto. «Il nome di Gesso non è segnato tra quelli che discutono oggi» le dice, e lei lo guarda. «Com'è possibile? Ma Gesso non fa la classe di scultura? Non è che discutono in giorni separati? Non è che ha cambiato indirizzo e non ci ha detto niente?». In quel momento, né lui né la madre hanno più alcuna certezza. Decidono di aspettare che la commissione faccia una pausa per chiedere informazioni al presidente.

Quando i professori iniziano ad alzarsi dalle poltrone per andare verso il distributore di caffè che si trova nell'atrio, Uto e la madre scattano in avanti e si avvicinano al tavolo della commissione. Silvia, che non ha capito nulla della situazione, li segue. La madre si presenta al presidente di commissione. «Buongiorno professore, vorrei delle informazioni sulla discussione di mio figlio» gli dice, scandendo nome e cognome del ragazzo. Il professore è un uomo alto e massiccio, con una folta barba bianca macchiata di sparute chiazze gialle. Alla richiesta della madre, fa un'espressione basita e risponde che è lui che vorrebbe informazioni su Gesso, il ragazzo è un suo tesista e avrebbe dovuto presentarsi a tre revisioni da maggio a settembre e portare anche la bozza del suo discorso di laurea, ma non si è mai fatto vedere, e in effetti non risulta neppure iscritto a quella sessione. La madre rimane pietrificata, poi abbassa lo sguardo e mormora delle scuse, chiede scusa al professore per il comportamento del figlio. L'uomo sembra accorgersi solo allora della corona di alloro appesa ridicolmente al braccio della donna, dei vestiti della festa con cui lei, Uto e Silvia sono venuti quel giorno in Accademia, e si mortifica per i suoi modi sbrigativi. Dice, «Signora non c'è nessun motivo per cui lei si debba scusare», e aggiunge, come se si sentisse in dovere di aggiungerlo, «Suo figlio è molto talentuoso».

Fa caldo quando escono dall'Accademia. Uto si sbottona un po' la camicia. La madre tira fuori dalla borsa una sigaretta e la accende. «Credevo che avessi smesso» dice il minore. «Ho smesso» dice lei. È Silvia che si è occupata di recuperare i fiori che la madre aveva lasciato sulla poltroncina dentro l'aula: cominciano a sciuparsi. La madre fuma in silenzio, poi controlla l'orologio e dice, «Sarà meglio che vada, ho del lavoro da finire». La madre lavora in uno studio di architettura in città.

«E ora?» chiede Silvia a Uto quando sono rimasti soli.

«Ora andiamo a prenderlo» dice Uto. Tiene i pugni stretti, il pollice nascosto dentro le altre dita.

Gesso abita in un palazzo non lontano da lì: per arrivarci passano accanto a edifici settecenteschi le cui facciate sono state ridipinte di recente, piazze i cui sanpietrini sono stati riordinati con cura, dei giardini pubblici da cui arriva odore di erba (sono dei ragazzi seduti sulle panchine, che fumano in silenzio, godendosi la frescura degli alberi). Il palazzo si trova proprio dietro i giardini, in una via lastricata di pietre lungo cui corre la striscia gialla dei parcheggi per residenti. Uto si avvicina al portone, cerca il nome sul campanello, pigia il pulsante. Silvia è dietro di lui: ha ancora i fiori in mano. «Alla fine erano per lui,» ha detto «portiamoglieli lo stesso». Nessuno risponde al primo tentativo. Ci riprova, poi dice «vaffanculo», pesca un mazzo di chiavi dalla tasca e ne cerca una piccola, che entra nella serratura del portoncino. L'atrio è minuscolo ed estremamente fresco, sa di muffa: c'è un ascensore, ma un cartello appeso sulla grata metallica segnala che è fuori servizio. Il minore prende le scale, Silvia lo segue: gli scalini sono antichi, come antico è il palazzo, e in alcuni punti sembrano sul punto di sbriciolarsi sotto i loro piedi. Salgono su fino al terzo piano, si fermano di fronte a un'altra porta, lui sceglie dal mazzo un'altra chiave, più lunga questa volta. La serratura scatta: sta per aprire la porta, quando la paura lo blocca. Non riesce a girarsi verso Silvia, e allora glielo dice senza guardarla, le dice, «Non credo che dovresti entrare».

Silvia si irrigidisce. «Perché no?» chiede.

«Non entrare, per favore» le dice lui.

«Non fare lo stupido». Lo segue in un piccolo ingresso stipato di materiali da lavoro, legno soprattutto, trucioli, qualche sega. La casa è molto buia: nessuno ha alzato le serrande, quella mattina. A destra, una porta conduce alla cucina: Uto entra nella stanza immersa nell'oscurità, apre la finestra, fa entrare un po' di luce. Il piano cottura è pulito, così come il lavandino. Nel frigo, che pure è acceso, non c'è niente. La spia della televisione appoggiata sopra il frigo è spenta: qualcuno ha staccato la spina. Silvia appoggia i fiori sul tavolo ricoperto da una tovaglia cerata su cui sono disegnate delle api.

«Penso che sia in camera» dice Uto.

«Ti aspetto qui» dice lei. Forse ha capito.

Il minore torna nel corridoio, butta un'occhiata al bagno che sembra in ordine: tocca gli asciugamani, morbidi e asciutti. Si fa coraggio.

La porta della camera del maggiore non è chiusa a chiave: Uto mette la mano sulla maniglia, «Gesso, sto entrando» dice, e l'abbassa. Appena entra, un odore forte. La stanza è buia, la finestra è chiusa. Fa caldo. Il minore tasta le pareti, incontra lo scaffale della libreria. L'odore è puzza, e gli viene da vomitare: caccia tutto indietro, cammina spedito verso la finestra, la spalanca. 'Sta per alzare le tapparelle ma la voce del maggiore gli dice, «Piano, per favore, non sono abituato». Il minore solleva appena la serranda, fa in modo che le maglie si allentino così che passi la quantità minima di luce per vederlo. Poi, si gira.

Gesso è a letto, sotto le coperte, nascosto quasi fino alla bocca. Tiene con le mani quello che sembra un piumone. Vicino al letto ci sono due pentole da cucina, è da lì che viene quell'odore nauseabondo: sono piene di escrementi. Il minore si avvicina al letto. «Cosa hai fatto» gli dice. «Da quanto tempo stai così?».

Il maggiore lo guarda, adesso riesce a vederlo, ora che i suoi occhi si sono abituati a quel poco di luce. Gesso ha i capelli sporchi, puzza di sudore, sta sotto un piumone invernale ed è il 14 di settembre. Ha la faccia molle, bianca, gli occhi piccoli contornati di pelle gialla. «Gesso, da quanto tempo stai così?» gli chiede di nuovo il minore. L'altro non risponde. Allora Uto si fa più vicino. «Hai mangiato?» gli chiede, mentre prova a tirare via le coperte. Il maggiore inizia a urlare, lui si ferma. Si siede ai piedi del letto, con cautela. «Non avere paura, va tutto bene, va tutto bene» gli dice piano. Ma niente va bene: da quanto tempo è in queste condizioni? Uto prova a ricordare quand'è l'ultima volta che ha visto suo fratello quell'estate. Quindici, venti giorni prima? E sua madre? Gesso è mai passato a trovarla? E lei, è mai passata da lui? Una cosa che Uto non ha voglia di dirsi ma di cui è perfettamente consapevole: ci sono dei momenti in cui lui e sua madre non hanno la forza necessaria per guardare Gesso, perché temono quello che potrebbero vedere, e allora distolgono lo sguardo. Sono i momenti in cui si sentono troppo fragili, o troppo felici, comunque troppo esposti. Non è una giustificazione, non è un'accusa: è quello che è.

Dietro la porta c'è Silvia, che è accorsa dopo che ha sentito l'urlo, ma non è entrata: sta nascosta, la mano sulla bocca e sul naso, non si capisce se per proteggersi dalla puzza o per evitare di urlare a sua volta. Uto la vede con la coda dell'occhio, ma fa finta di niente: non vuole spaventare Gesso.

Il maggiore tiene strette le coperte. «Sta' attento,» dice al fratello «devi stare attento: lui è accucciato lì, proprio ai piedi del letto», e indica un punto col dito. Uto annuisce senza ascoltarlo, prova ad avvicinarsi, tende le mani verso le sue spalle. «Gesso, stammi a sentire: adesso togliamo le coperte». Il maggiore si rintana ancora di più, ora si vedono solo gli occhi. «Gesso. Devo scoprirti. Sei pronto?». Lui scuote il capo. Uto si alza, «Sta' attento a non calpestargli la coda,» gli dice il maggiore «sennò si arrabbia». Lui non lo ascolta, si accosta alla finestra, per rifiatare. L'aria che entra nella stanza non è diversa solo per temperatura, ma per qualità: l'odore, la composizione, la pressione atmosferica parlano di un mondo fuori che si è mosso, mentre il mondo dentro quelle quattro mura è rimasto immobile. «Va bene, Gesso, adesso facciamo entrare un po' di luce» dice il minore, afferrando la cinghia della tapparella. «No!» risponde Gesso, alzando la voce. «Niente luce! Non spaventarlo!». Uto sente Silvia trattenere il respiro, si volta per intercettare il suo sguardo, la vede con il cellulare in mano.

«Cosa fai?» le chiede.

«Dobbiamo chiamare qualcuno» dice lei.

«Non dobbiamo proprio chiamare nessuno» risponde Uto, e le si avvicina, e lei si ritrae, un meccanismo di difesa. «Amore, non sta bene, dobbiamo chiamare...».

«Amore un cazzo,» dice lui «sei qui da quanto, tre minuti? E mi vuoi dire come gestire le cose?». Uto ha alzato la voce,

Silvia singhiozza; anche Gesso ha iniziato a piangere. «Non chiamiamo nessuno. La gestisco io» dice Uto, fermo.

«Almeno tua madre...» prova a dire Silvia.

«Lascia stare mia madre» le risponde lui. E poi aggiunge, «Esci, per favore».

«Ma io...» le trema la voce.

«Ho detto esci, Silvia, vai a casa».

Lei lo guarda fisso, ha smesso di piangere. «Io non vado da nessuna parte».

Allora Uto rilassa le spalle, la spinge fuori, accosta la porta della camera del fratello. Abbassa la voce. «Sì, Silvia. Ora tu vai a casa e mi lasci fare questa cosa da solo».

«Ma perché?»

«Perché non ti riguarda».

Lei prova a intercettare il suo sguardo, ma lui tiene gli occhi bassi. «Va bene» dice allora, e si volta, e con passo veloce va verso l'ingresso. Uto sente la porta aprirsi, poi sbattere dietro di lei. Tiene ancora per un momento gli occhi inchiodati al pavimento: gli sembra di vedere tutte le imperfezioni del parquet, i punti in cui il legno si è sollevato, le schegge che potrebbero infilarsi tra le dita dei piedi. Poi respira; apre di nuovo la porta.

La luce ha colorato la stanza; sembra che si sia fatta strada con fatica nelle tenebre, e che ora sia riuscita a conquistarsi una porzione di spazio. Gesso ha la testa fuori dalle coperte: resta appoggiato con la nuca sul cuscino, guarda fisso il soffitto. Ha smesso di piangere.

Il minore si avvicina al maggiore, si siede ai piedi del letto. «Adesso ci alziamo e ti faccio una doccia». Non è una domanda, non prevede risposta. «Prima puoi controllare se è ancora qui?» gli chiede il maggiore. Uto scuote la testa. «No, se n'è andata» gli dice. «Per favore, controlla sotto la scrivania».

«Ha sbattuto la porta, Gesso, è andata via» risponde il minore, ma il fratello ha tirato il braccio fuori dalla coperta e indica una pila di vestiti accumulati per terra, di fronte a una sedia ricoperta di maglioni, una scrivania piena di libri, lattine di bibite gassate, carte di caramelle. «Controlla se è ancora lì», e Uto sa che Gesso non sta parlando di Silvia, che forse neppure si è accorto di Silvia, e allora si alza, inizia a spostare i vestiti prima con il piede, poi con le mani, e si accovaccia per terra, e guarda sotto la scrivania e per un attimo spera di trovarci davvero Silvia, Silvia che lo convinca a farsi aiutare, Silvia che lo aiuti a sollevare dal letto il corpo di Gesso e portarlo nella doccia e svestirlo e pulirlo e sentirlo così rotto tra le mani, ma Silvia non c'è, non c'è niente sotto la scrivania. «Non c'è niente sotto la scrivania, Gesso», e il maggiore sospira, come se un po' fosse deluso. «Pensavo che questa volta sarebbe rimasto» dice.

Uto

Era rimasto solo.

Il rumore delle portiere che si bloccavano lo fece sentire al sicuro: appoggiò la schiena al sedile, gli occhi rivolti verso il fuori, a cercare di identificare un qualsiasi elemento che lo aiutasse a sconfiggere il senso di smarrimento causato dal suo essere solo, in una macchina spenta, su un'autostrada deserta.

Quel tratto di strada somigliava a tutti quelli che avevano percorso centinaia di volte per andare a sciare, quando erano bambini: loro due dietro, i genitori davanti, il più delle volte in silenzio. Allora Uto guardava il paesaggio che scorreva fuori, provava a contare gli alberi, a cercare il punto dove iniziavano le cascate, a disegnare una mappa mentale delle strade percorse. Era l'unico modo per ingannare il tempo, per non farsi risucchiare da quel niente dell'abitacolo: due adulti che non hanno nulla da dirsi, un fratello maggiore che dorme accanto a lui, con la faccia corrucciata. A molti anni di distanza, provò a adottare la stessa strategia: ma la notte e la neve confondevano tutto.

Guardò lo schermo del cellulare: l'icona della batteria non prometteva bene, ma nonostante questo aprì l'applicazione delle mappe, come un riflesso involontario: la voglia di vedersi localizzato nel mondo, sebbene sapesse dove si trovava. Il pallino azzurro lampeggiò nel grigio, la mappa non si caricava: niente connessione Internet tra quelle montagne. Rinunciò e aprì la rubrica del telefono, scorrendo i nomi fino alla S.

Che non fosse una buona idea gli era chiaro, ma aveva deciso di ignorarlo.

Silvia rispose dopo cinque squilli.

«Pronto?».

Aveva la voce addormentata, sussurrava.

«Ciao» disse lui. Era impreparato. Non pensava sul serio che avrebbe risposto.

«Uto?». La sentì armeggiare con qualcosa, la voce sempre ridotta a un sussurro. «Cristo, stavo dormendo. Che succede?».

Non sapeva bene cosa dirle, si sentiva incredibilmente stupido per averla chiamata. L'orologio dell'autoradio segnava mezzanotte e venti: un'ora in più rispetto al fuso orario del Portogallo. Uto si ricordò dei ritmi del sonno di Silvia che erano spesso causa di litigi: lei che alle dieci già chiudeva gli occhi, lui che avrebbe sempre tirato tardi, anche solo per chiacchierare, o guardare un film seduti sul divano. Si pentì di aver fatto partire la telefonata, ma ormai era andata.

«Io... volevo solo parlarti».

Dall'altro capo del telefono, Silvia non rispose. La sentì respirare, prendere tempo. Poi sentì un rumore, forse una porta che si chiudeva.

«Parlare. Va bene, parliamo» gli disse. Aveva smesso di sussurrare, ora aveva un volume di voce basso, ma udibile. Uto pensò che in tutti quei mesi la sua voce gli era mancata moltissimo, e che si era dimenticato di come suonasse al telefono. Pensò che quel suono avrebbe avuto il potere di confonderlo e di risvegliare vecchi automatismi e tic linguistici, che avrebbe dovuto far attenzione a non usare nomignoli, a evitare formule che facevano parte di un loro codice privato che adesso, però, era diventato una lingua morta che nessuno parlava né studiava più. Pensò che non sapeva da dove iniziare.

Si erano lasciati otto mesi prima. La ricordava stanca, con i capelli sporchi e le occhiaie. Lasciarsi era stato bello e straziante. Avevano parlato tutta la notte, seduti in mutande sul letto di lei, interrompendosi solo per piangere o per baciarsi.

«Allora?» lo incalzò Silvia. Forse chiamarla non era stata semplicemente una cattiva idea, ma proprio un pessimo errore. «Cosa devi dirmi di tanto urgente?».

Il giorno in cui si erano lasciati lei lo aveva invitato a cena mandandogli un messaggio la mattina. Era una settimana ormai che non si vedevano. Uto aveva sperato che non stesse per succedere, ma non si era fatto illusioni: le aveva portato una vaschetta di gelato, crema di Sorrento, la sua preferita.

«Stasera ho conosciuto il compagno di mia madre» disse.

«Okay» rispose Silvia. «E...?». Sembrava sospettosa, e anche un po' preoccupata.

«Mi sembra una brava persona. Credo che possano essere felici, insieme» disse Uto. Sentiva la gola sempre più asciutta, mentre parlava.

«Beh, mi pare una buona notizia» disse Silvia. Aveva la voce morbida, non era arrabbiata: pensava davvero fosse una buona notizia, si disse Uto. Era davvero interessata a quello che le stava dicendo.

«E tu, come stai?» provò a dire lui, ma un rumore lo interruppe. Silvia aveva appoggiato il cellulare sul tavolo, e sembrava parlare con qualcuno nella stanza. Nonostante si sforzasse, Uto non riuscì a capire cosa diceva. Passò qualche secondo così, in silenzio. Poi lei tornò, «Scusami, cosa stavi dicendo?».

Uto ci pensò troppo poco prima di chiederle, «Con chi parlavi?». Lei non rispose subito, e lui sentì l'aria diventare più fredda nell'abitacolo, la distanza tra loro, già così grande, ampliarsi.

«Era Pietro. È un mio coinquilino» disse Silvia con poca convinzione.

«Non mi ricordavo avessi coinquilini italiani» la incalzò lui.

«Oh, beh,» riusciva a immaginarla mentre si grattava la nuca, come faceva tutte le volte che si sentiva in difficoltà «si è trasferito da poco».

«Okay».

Durante l'estate si erano incontrati a una festa a casa di amici comuni: non si parlavano dalla mattina in cui si erano salutati sulla porta di casa di lei. C'era stato un po' di imbarazzo iniziale, non sapevano cosa dirsi. Si erano separati per poi incontrarsi di nuovo più tardi, in una stanza diversa e con più alcol in corpo. Allora era venuto naturale parlare, lei gli aveva detto che sarebbe andata in Erasmus a Coimbra, che sarebbe partita a breve. Avevano posto fine al silenzio: si erano sentiti qualche volta per messaggio, lei gli aveva raccontato dei suoi coinquilini e dell'università, lui più che altro le aveva fatto domande.

«Quindi» riprese lei «mi hai chiamata alle undici e mezza per dirmi del compagno di tua madre?».

«Beh, effettivamente qui è mezzanotte e mezza» disse Uto maledicendosi per essersi andato a ficcare in quella conversazione.

«Giusto. E cosa ci fai a mezzanotte e mezza al telefono con la ragazza che ti ha spezzato il cuore?» chiese lei. Risero insieme, entrambi imbarazzati. «Troppo presto per le battute, eh?» aggiunse Silvia, sentendosi in colpa.

«No. Cioè sì, forse sì. Per questo tipo di battute, forse sì» rispose Uto cercando di mantenere una voce neutra, che non apparisse ferita o arrabbiata. «E comunque» aggiunse in fretta per uscire dall'imbarazzo della situazione «ti ho telefonato perché sono bloccato in autostrada da una sorta di tormenta di neve».

«Oh,» fece lei «e hai chiamato qualcuno?».

«A parte te? Oh sì, tutta la mia rubrica fino alla lettera S, ma sei la prima a rispondere» scherzò Uto, più sicuro di sé.

Silvia ridacchiò. «Idiota. Intendo per soccorrerti».

«Beh... no, in effetti no. Chi dovrei chiamare?».

Silvia sembrò pensarci su un attimo. «Non lo so. Un numero verde dell'autostrada? Il soccorso stradale? La tua assicurazione?».

«La macchina dovrebbe essere a posto. È che c'è troppa neve. Forse mi conviene solo aspettare» le disse lui. «Stavo ritornando in città quando è iniziata la tormenta. Se lo avessi saputo, mi sarei fermato a dormire da mia madre» disse come per giustificarsi.

«Nessun'altra macchina che possa aiutarti?».

Uto guardò fuori dal finestrino: il silenzio era quasi innaturale. «Sembra che non passi nessuno da qui. Forse hanno chiuso le strade. Non so» disse.

«E Gesso?» chiese Silvia.

«Gesso cosa?» si irrigidì lui.

«Non è venuto con te?».

«Lui... No. È rimasto in città» disse Uto, mentre guardava il sedile su cui poco prima stava seduto il fratello.

«Ah. Non voleva conoscere il compagno di vostra madre?».

«È che... è molto impegnato, sta lavorando molto». Non aveva pianificato di mentirle: stava succedendo in modo del tutto naturale.

«Lavora a cosa?».

«Sta disegnando una locandina, per un festival sai, un festival di musica che fanno fuori città, in un agriturismo» balbettò Uto.

«E la tesi, l'ha finita?».

«Mh-mh» fece Uto. Gli veniva da piangere.

«Mh-mh significa no?».

«No».

«Ah, quindi l'ha finita?».

«No, sì. Cioè sì, significa no» gli sudavano le ascelle in quel momento, lo sentiva. «No, non l'ha finita».

Rimasero in silenzio.

«Uto,» disse lei con voce ferma «come sta Gesso?».

Non era facile parlarne. E non era facile parlarne con Silvia, soprattutto. Aveva provato a capire la sua decisione di lasciarlo, si era davvero impegnato per tutta l'estate, ma non ci era arrivato. Così, quella sera alla festa, un po' sbronzi, con un po' meno freni inibitori, le aveva chiesto in modo diretto, «Perché non eri più felice con me?». Lei si era fatta rossa in viso, aveva bevuto una sorsata un po' troppo abbondante di vino e poi aveva mormorato che forse era un'egoista, ma che non era più disposta a dividere la sua quota di amore con Gesso.

«In che senso?» le aveva chiesto lui.

Lei aveva giocato con il vino rimasto nel bicchiere, facendolo roteare sul fondo. «Hai presente *La bella e la bestia*?» gli aveva detto.

«Il cartone animato?».

«Sì, quello».

«Hai presente che quando Belle arriva nel suo castello lui, la bestia, gli dice che può fare quello che vuole ma non si può avvicinare all'ala ovest, che è proibita?». Uto aveva annuito, anche se non aveva idea di cosa Silvia stesse dicendo; sentiva nella bocca il sapore del Negroni che gli asciugava il palato. «È come se tu fossi il palazzo della bestia, una casa con tante stanze, e ci fosse un'ala intera della casa in cui io non posso entrare».

«Beh, almeno non sono la bestia» aveva detto lui. Lei aveva riso, ma le erano venuti gli occhi lucidi. Avevano entrambi buttato giù un altro sorso, lui ancora Negroni, lei ancora vino. «Hai capito cosa sto dicendo, però? È importante che tu lo capisca». Si era fatta seria. Uto era rimasto spiazzato, ma aveva capito: aveva capito davvero. Aveva provato davvero, di nuovo, per qualche intensissimo secondo, molto amore per Silvia e per il suo modo di dire delle cose estremamente esatte con dei giri di parole ampissimi. Poi l'aveva abbracciata, reprimendo l'eccitazione che provava, un po' per colpa della mancanza, un po' per colpa dell'abitudine ai loro corpi appiccicati.

Quell'ala del palazzo rimaneva ostinatamente chiusa: neanche ora riusciva a parlare con lei del fratello.

«Sta bene, dài. Abbastanza bene».

Sentì Silvia al telefono sospirare. Poi, di nuovo silenzio.

«Ti ricordi quando passavamo per il parco davanti a casa di tuo fratello e c'era quell'albero altissimo e ci passavamo sotto e io ti dicevo che secondo me doveva essere uno degli alberi più antichi della città?».

Uto disse che se lo ricordava. Non capiva cosa c'entrasse.

«Ho controllato. Avevo ragione, sai? È uno dei quindici alberi monumentali della città. È alto più di trenta metri, è un platano».

«Perché mi stai dicendo questa cosa?».

«Non lo so. Perché ogni tanto ci sono delle cose che vorrei tanto dirti, che magari scopro o mi succedono, e la prima cosa che penso è che vorrei dirle a te, però alla fine non mi viene mai davvero il coraggio di prendere il telefono e chiamarti» disse lei con voce triste. «Pietro non è il mio coinquilino italiano» aggiunse poi d'un tratto. «Ci siamo conosciuti il mese scorso all'università. Sta facendo l'Erasmus anche lui. È di Verona. È simpatico, e ogni tanto si ferma a dormire qui a casa».

«A dormire… In che senso, si ferma a dormire?» disse Uto, sentendosi stupido. «Cioè, intendi tipo sul divano?». Ancora più stupido. A Silvia scappò un risolino.

«No, Uto, non sul divano. Si ferma a dormire con me».

Gli tremavano un po' le mani. Ma non era terribile come pensava: il dolore era un po' più distante di come si era immaginato. Si ricordò improvvisamente della prima volta che avevano fatto l'amore, lui e Silvia, di pomeriggio, in Inghilterra, al secondo piano della casa della famiglia inglese che la ospitava, su un letto molto alto, accostato a una parete ricoperta da una tappezzeria a fiori rosa. Sull'altra parete, il letto vuoto su cui di solito dormiva la studentessa ospite della stessa famiglia. Non c'era nessuno a casa: avevano saltato la lezione del pomeriggio al college, quella dedicata ai dibattiti di gruppo per migliorare il loro inglese. Sia lui che Silvia non l'avevano mai fatto prima: era stato un po' doloroso per lei, molto breve per lui. Quando avevano finito, avevano entrambi riso, un po' per l'imbarazzo e un po' per la felicità, e si erano addormentati abbracciati. Da come sorridevano poi, quella sera al bowling, insieme ai loro compagni di vacanza studio, lo avevano capito tutti.

«Posso chiederti una cosa un po'… intima?» continuò lei.

Si sentiva anestetizzato, assolutamente incapace di opporsi a qualsiasi cosa. «Certo» provò a dire, cercando di non far tremare la voce.

«Da quando ci siamo lasciati, tu… tu hai fatto sesso con qualcun'altra?» chiese Silvia d'un fiato.

Uto ridacchiò nervosamente.

«Ecco, io… no» ammise. Fare finta gli sembrava troppo triste.

Silvia si prese un attimo di tempo, per capire cosa dire. Poi decise, «Uto, penso che dovresti farlo».

Mezzanotte e trentacinque sull'orologio digitale dell'autoradio. Gli scappò da ridere. «Grazie Silvia, lo terrò a mente» rispose sarcastico.

«Non lo dicevo per offenderti» disse lei. «Mi preoccupo di meno se so che non sei solo».

«Non sono solo» disse Uto.

«Sì che lo sei» aggiunse Silvia. «Con quanti amici sei uscito ultimamente?».

Pochi, ed era dura da ammettere. Uto rimase in silenzio. Lei gli diede un po' di tempo prima di chiedere, «Sei ancora lì?».

«Sì».

«Anche io» disse lei. «Però forse dovrei tornare a dormire».

«Con Pietro» disse amaro Uto.

«Sì. Con Pietro, Uto» rispose lei, ferita.

«Scusami».

«Non importa. Davvero, non importa. Buonanotte Uto».

«Aspetta!». Uto quasi gridò, e la sua voce rimbombò nell'abitacolo vuoto. Guardò il sedile su cui era stato seduto Gesso, guardò l'assenza del fratello, la neve fuori, e provò paura. Perché lo aveva lasciato andare? Che cazzo aveva in testa?

«Dimmi» fece Silvia con un sospiro.

«Le volte in cui ti succede quella cosa, che vorresti chiamarmi per dirmi una cosa che ti è successa, per parlarmi di qualcosa che hai fatto, cosa fai alla fine?».

Lei ridacchiò. «Beh, alla fine non ti chiamo, Uto. Cerco di risolvermela da sola. Cerco di cacciare quella voglia giù, in fondo al cervello, perché so che non sarebbe giusto».

Suo fratello era fuori nella tormenta mentre lui stava seduto al caldo in un'auto con le portiere bloccate dall'interno. Ma cosa stava facendo?

«Grazie, Silvia. Devo andare» le disse.

«Sì, Uto. Devo andare anch'io. Buona fortuna».

Quando non sentì più la voce di lei nell'orecchio, si mise il telefono in tasca, girò le chiavi nel cruscotto. Nessun suono dalla macchina, nessun cenno di vita; anche le spie rimasero tutte spente, così come le luci di posizione, i fari, le luci interne. Una specie di panico iniziò a montargli dentro: tolse la chiave, la infilò di nuovo nel cruscotto, di nuovo la girò. Niente. «Cazzo» disse piano, poi lo ripeté più forte, urlando, dando una manata al volante. «Stai calmo» provò a dirsi ad alta voce. Avrebbe dovuto chiamare i soccorsi, contattare il numero dell'assicurazione, farsi venire a prendere da qualcuno. Ma non c'era tempo, e questo gli era diventato tutt'a un tratto chiaro: non c'era tempo. Chiuse il giaccone, sbloccò le portiere, prese le chiavi.

Uscì nella neve, iniziò a correre.

Dopo

La madre avrebbe iniziato a perdere il conto dei giorni, e insieme a quello il senso del succedersi dei fatti. Avrebbe iniziato a fare il caffè scordando di mettere l'acqua nel serbatoio, a uscire di casa senza togliersi il pigiama, ad apparecchiare la tavola alle quattro del pomeriggio. Oppure, semplicemente, avrebbe passato le ore a letto, ferma immobile, tenendo le mani sopra il ventre che non avrebbe più sentito suo, così come le mani stesse, e il collo, e le gambe, e la faccia.

Poi avrebbe iniziato a parlare come se non fosse accaduto; ogni tanto, non sempre, ma seminando il dubbio che fosse tutto un errore. Avrebbe parlato dei suoi figli al plurale, avrebbe detto ad alta voce, «Devo preparare la camera ai ragazzi, chissà se stasera si fermano a cena». Ma non avrebbe mai apparecchiato per entrambi, né fatto entrambi i letti; sarebbe rimasta una menzogna possibile solo nel mondo delle parole, non in quello dei fatti.

Intorno a lei, le persone avrebbero cercato di adottare un comportamento diverso, di evitare alcuni gesti, alcune domande, alcune inflessioni della voce. L'avrebbero spiata scendere dalla stradina che conduceva al paese, soffermandosi sui capelli sporchi, su quel modo di camminare incerto, sui passi strascicati, sulle ciabatte che ogni tanto avrebbe dimenticato di togliere per uscire di casa.

Qualcuno l'avrebbe trattata con pietà, qualcun altro le avrebbe attribuito una parte di colpa, il rimprovero di non essere stata una madre abbastanza brava; lei non ci avrebbe fatto caso, perché per molto tempo non avrebbe più fatto caso a niente di ciò che sarebbe successo fuori dal proprio corpo.

Un giorno, nel piccolo spaccio del paese, avrebbe dimenticato di prendere il cesto per la spesa e avrebbe provato a tenere tra le braccia tutte le cose da comprare, che sarebbero aumentate sempre di più fino a diventare troppe, e le sarebbero scivolate a terra. La confezione di uova fresche si sarebbe infranta sul pavimento, le uova si sarebbero rotte, sporcandole i piedi.

Ogni volta che sarebbe caduta la neve, il mondo le avrebbe ricordato cosa aveva perso; le avrebbe parlato di quella notte in cui, rispondendo al telefono che squillava nel buio, dall'altro capo aveva sentito la voce di Uto che, piena di paura, le diceva solo, «Mamma».

Dieci anni prima

«Vedrete che tra poco arriva» dice la madre, mettendo il cellulare in borsa dopo l'ennesima chiamata. «Noi magari cominciamo a entrare, che ne dite?».

È una domenica pomeriggio di inizio autunno, fa ancora caldo, soprattutto nel punto in cui sono fermi ormai da mezz'ora ad aspettare il padre, una panchina di legno sulla piazza principale della città, una di quelle completamente al sole, perché quelle all'ombra sono state occupate con largo anticipo dagli adolescenti che si accalcano in centro per la passeggiata del weekend.

Il minore lancia un'occhiata alla madre che si alza dalla panchina e si sistema la gonna sulle cosce: a guardarla ora, all'aria aperta, gli sembra che si sia vestita un po' troppo bene per un'uscita pomeridiana al museo con la famiglia, che il trucco sia un po' troppo curato, il profumo troppo intenso.

Il padre è in ritardo, e non è un buon inizio, non per quella domenica che Uto e Gesso sono stati costretti a passare con i genitori. A pregarli è stata la madre. «Perché non proviamo a fare la famiglia, come una volta?» ha chiesto a tavola qualche giorno prima. Nessuno dei due ha avuto il coraggio di ribattere quello che probabilmente hanno pensato entrambi: Come una volta quando? Ricordano: i compleanni dimenticati, le ore passate chiusi in camera a sentirli litigare in salotto, l'esasperazione della madre di fronte all'inaffidabilità del padre, le volte che non si è presentato a prenderli a scuola, a nuoto, a casa degli amici, le volte che è arrivato tardi, le volte che hanno visto la madre piangere. Non ricordano: le volte in cui hanno fatto la famiglia, men che meno quelle in cui lo sono stati. Sono sei mesi, ormai, che il padre non dorme più a casa con loro. Le pratiche del divorzio sono state avviate; ai figli non è stato chiesto un parere, ma probabilmente non avrebbero avuto nulla da obiettare.

Entrano nella biglietteria loro tre, c'è un po' di coda, e quando sono a solo due persone dalla cassa la madre riceve un sms che dice, «Sono qui fuori, vicino alla biglietteria, mi raggiungete un secondo per favore?». La madre guarda la fila di fronte a loro, poi di nuovo il cellulare, si mangia una pellicina e dice, «Beh, magari ha preparato qualche sorpresa delle sue, no?», e lascia la coda, intimando ai figli di seguirla. «Ma eravamo quasi alla cassa» protesta il maggiore. «Tanto cosa ci costa rifare la fila insieme» dice la madre, che si ravviva i capelli prima di uscire dalla porta.

Il padre è fuori ad aspettarli, i capelli bianchi che risaltano sulla camicia corallo che porta leggermente sbottonata. Accanto a lui c'è una ragazza alta, con i capelli corti e biondissimi, molto abbronzata; sembra in imbarazzo, e appena i suoi occhi incrociano quelli della madre guarda subito a terra.

«Ragazzi, Giorgia, vi presento Claudia».

Claudia saluta timidamente, poi si rivolge solo a lui. «Ora devo andare, ho parcheggiato malissimo» dice, e suona davvero come una scusa. «Ma come, vi siete appena presentati e già scappi!» dice il padre, che sembra essere l'unico non a disagio in quella situazione. Il maggiore lo guarda con disprezzo,

«Il museo non sta aperto per sempre, e mamma ci teneva a visitare la mostra». La madre si guarda i piedi, e poi mormora, «Non vi preoccupate, io vado un attimo in bagno, se volete ancora chiacchierare...», e si defila, rientrando dalla porta della biglietteria a passi svelti. Rimangono il maggiore, il minore, il padre e Claudia, che gioca nervosamente con il ciondolo che ha al collo. Il padre non sembra perdersi d'animo, e dice al minore, «Sai, Claudia è una giocatrice di basket professionista». Il minore non sa cosa dire e annuisce, sorridendo.

«Ci siamo conosciuti quando ho messo su quel progetto... L'hai aperto il link che ti ho mandato via mail, no?» dice, e Uto continua ad annuire, anche se le mail che gli invia suo padre solitamente le cestina senza neppure aprirle. Sono link, inviti, messaggi pieni di puntini di sospensione, foto di trafiletti su giornali in distribuzione gratuita alla fermata dell'autobus che sponsorizzano i suoi svariati tentativi imprenditoriali: un servizio di biglietti d'auguri pop-up personalizzati, un sito di consulenze per scommesse, una pagina di e-commerce su cui vende magliette con la stampa di caricature realizzate da un suo fantomatico amico illustratore sulla base delle foto che gli vengono inviate dai clienti. I suoi progetti, come li chiama lui, sono quasi tutti fallimentari. Per seguirli ha perso il lavoro al concessionario di auto presso cui faceva il venditore, però in quel caso non ha mandato nessuna mail per annunciarlo. Uto lo ha sentito da sua madre, che gli urlava al telefono, «Ma allora sei davvero un coglione».

«Io vado a mettermi in coda per i biglietti» dice il maggiore, e si allontana senza salutare.

«Oh, diventa più intrattabile ogni anno che passa» dice il padre con il sorriso stampato in faccia. «Ma dicono che l'adolescenza sia particolarmente dura, no? Anche io, a sedici anni...».

«Ne ha diciassette» dice Uto, cercando di distogliere lo sguardo dalla mano del padre che di sicuro è appoggiata appena sopra le natiche della giocatrice di basket professionista.

«E tu?» chiede Claudia. Si sta sforzando, si vede benissimo che non ha nessuna voglia di fare quella conversazione. «Tredici» risponde il minore. «Wow, sembri più grande». Lui alza le spalle. «Me lo dicono tutti. È che sono alto» aggiunge, guardandola negli occhi.

Poi si rivolge al padre, «Andiamo, adesso?».

Le sale sono immerse nella penombra; l'oscurità è marcata dal colore delle pareti, rosso mattone, rischiarate da fasci di luce in corrispondenza delle opere. Sul pannello a muro che li ha accolti all'ingresso viene spiegata la nascita della collezione Costakis, che offre un'ampia prospettiva sull'Avanguardia Russa di inizio Novecento. Quando Uto, quella mattina, ha chiesto perché andassero a vedere proprio quella mostra (sua madre né tantomeno suo padre erano appassionati di arte), la madre ha risposto, «Sul giornale dicevano che era imperdibile. E poi, tu la conosci l'Avanguardia Russa?». «Una buona occasione per imparare qualcosa tutti insieme» aveva aggiunto, e il minore era quasi certo di averla vista fare un mezzo occhiolino.

A ripensarla così felice quella mattina, fa impressione vederla ora aggirarsi per le stanze della mostra con aria mortificata, i capelli raccolti in una coda che si è fatta mentre era in bagno. Il padre si ferma davanti a ogni dipinto, commentando ad alta voce o leggendo la didascalia che si trova accanto, cercando a tutti i costi di fare conversazione con lei che, però, si limita ad annuire.

Il padre di Uto e Gesso è un coglione, ma capisce in fretta quando ha esagerato: solitamente, quando accade, cerca nei modi più disperati di farsi perdonare. Questo perché non accetta di non piacere alle altre persone.

Il maggiore sta sempre qualche passo avanti al gruppo; cammina più velocemente e contemporaneamente si ferma per un tempo più breve di fronte a ciascuna opera. Non ha quasi scambiato parola col padre.

«Oddio, Uto, guarda qua!» dice il padre avvicinandosi a un quadro che raffigura una donna, di profilo, con una mano sul petto e l'altra tesa in direzione di alcuni papaveri con la corolla reclinata. «Non somiglia tantissimo a mamma?» dice, spostando lo sguardo dalla donna sul quadro alla donna che ha davanti.

Non le somiglia per niente, vorrebbe dire il minore, ma non ha il coraggio. Il padre si avvicina alla madre, le poggia le mani sulle spalle. «Ecco, girati anche tu così» dice, mentre cerca di guidare il movimento di rotazione.

«Sergio» mormora la madre, tentando di opporsi.

«Dài, che ti faccio una foto!» dice lui, mettendole una mano sul mento per portarlo verso il basso.

«E lasciami!» urla lei. Tutte le persone della sala si girano a guardarli, e il minore sente addosso la pesantezza di quegli sguardi sconosciuti.

«Stai calma!» le urla lui di rimando. Poi abbassa la voce, «Sto solo cercando di far andare bene questo pomeriggio» mormora.

«Tu stai... tu stai... cosa?». Il minore guarda la madre diventare rossa di rabbia.

«Sì, sto cercando di farlo andare bene, ma qui nessuno collabora» sbotta il padre, indicando il maggiore che ha varcato la soglia della sala successiva, senza neppure degnarli di uno sguardo.

«Ma vaffanculo» urla la madre, più forte di prima, spintonandolo e dirigendosi a falcate furiose verso l'uscita.

«Dove vai, Giorgia» dice lui accelerando il passo per seguirla. «Fermati cazzo, non fare scenate», e si mette a rincorrerla.

Il minore rimane davanti al quadro. È un acquerello, i colori caldi gli ricordano vagamente quelli che si usano per decorare le matrioske, ma forse si sta solo facendo suggestionare da tutta quella Russia. La signora che dovrebbe somigliare a sua madre ha la fronte alta, il naso regolare, la bocca piegata in un'espressione di dolore. Non si capisce quanti anni abbia, sembra giovane; i capelli biondi sono raccolti sulla schiena in una treccia che le scende lungo la maglia blu. Ora che si avvicina, riesce a mettere a fuoco sullo sfondo un'altra figura, sdraiata sulla schiena, con gli occhi chiusi: sembra una donna morta in una bara, nella stessa posizione in cui stanno le principesse delle favole prima che i principi le risveglino con il loro bacio, solo che i contorni sono sfumati, e potrebbe anche trattarsi di un fantasma impossibile da risvegliare con un bacio. La didascalia, scritta su un cartellino bianco a destra del quadro, riporta IVAN KLJUN, RITRATTO DELLA MOGLIE DELL'ARTISTA, 1910.

Cosa dovrebbe fare? Alla sua destra si apre la sala in cui sa che troverà il fratello, impegnato a guardare con disinteresse le opere esposte. Alla sua sinistra, si allunga il corridoio che hanno percorso i genitori per uscire all'aria aperta, a litigare.

Si sente solo, e si sente inutile. Guarda la moglie dell'artista ritratta nel quadro e si chiede se anche lei non si senta così di fronte a quei papaveri appassiti.

Il sole si è spostato, ha lasciato la piazza completamente in ombra. Il padre e la madre sono nello stesso punto in cui prima si trovavano tutti insieme a Claudia; e anche se non li avesse visti, il minore non avrebbe avuto difficoltà a individuarli. Sono quelli che urlano.

Uto si avvicina piano, temendo di essere risucchiato a sua volta nella discussione.

«E quanti anni ha, diciannove? L'ha presa almeno la maturità?» dice la madre, sputacchiando da tutte le parti.

«Ventotto. Ne ha ventotto. E poi, cosa c'entra questo?» chiede il padre, che ha la cattiva abitudine di ridacchiare per il nervosismo durante le discussioni.

«C'entra perché era il giorno che dovevamo passare insieme, insieme noi quattro, Sergio, e sei stato così stupido da portartela dietro, così stupido che mi viene da piangere a pensare quanto sei stupido». Poi la madre si mette a singhiozzare con le mani davanti alla faccia. Il padre prende dalla tasca posteriore un pacchetto di sigarette, ne accende una, aspira il fumo e guarda da qualche parte oltre la testa della madre. Sembra che nessuno dei due si sia accorto della presenza del figlio minore, che a distanza segue ogni loro movimento.

«Ma cosa pensavi, Giorgia, che saremmo andati tutti e quattro insieme a mangiare una pizza e poi io sarei tornato a vivere a casa con voi?».

La madre toglie le mani dalla faccia, ed è allora che lo vede. Alto, magrissimo, con una maglietta bianca con sopra lo scheletro di un dirigibile; gliel'ha fatta Gesso, è la serigrafia di un suo disegno. «Uto,» gli dice «andiamo a casa». Poi aggiunge, «Per favore».

Lui annuisce, poi indica l'ingresso del museo. «Gesso è ancora dentro» dice.

«Vai a chiamarlo» lo implora la madre con gli occhi. «Io ti aspetto sulla panchina». Poi, vedendo che il minore rivolge uno sguardo al padre, aggiunge, «Tuo padre sta andando via».

«No, no, aspetta: io sto rientrando con voi» prova a dire il padre, buttando la sigaretta a terra e schiacciandola con il piede. «Io e tua madre siamo solo usciti a prendere una boccata d'aria,» dice sorridendo verso Uto «non è vero, Giorgia?».

«Sergio, per favore...».

«Una boccata d'aria e ora rientriamo insieme, Uto».

Ci vorrebbero credere: ci vorrebbe credere la madre, vorrebbe sciogliersi i capelli e sorridere di nuovo e ricominciare tutto da capo; ci vorrebbe credere Uto, fosse anche solo per non guardare quella scena patetica, suo padre che incolla male i cocci e gli restituisce un vaso rotto e sformato. Però non è il caso di crederci. «Ciao papà» gli dice e si gira, e li lascia a litigare fuori, nell'ombra.

Il maggiore non è nella sala in cui credeva che lo avrebbe trovato.

Uto attraversa le stanze di fretta, senza badare alle opere esposte, lasciandosi dietro il cubo-futurismo, il laboratorio di cultura organica, l'arte analitica. Cerca tra la folla la maglietta a righe gialle e nere del fratello, che lo fa sembrare un'ape. Non guarda in faccia nessuno, passa solo in rassegna polo, T-shirt, camicie.

Entra in una stanza con le pareti sgombre e un enorme oggetto di legno che pende dal soffitto. Sembrano delle ali di uccello, attaccate allo scheletro di una balena. Sotto alla struttura, schiena a terra e pancia in su, è sdraiato il maggiore. Una ragazza, vestita di nero e con un cartellino appuntato sulla camicia, gli sta parlando. «Ti devi togliere da lì, non ci puoi stare. Mi capisci?» gli dice. Lui sembra non sentirla: ha le braccia aperte, le gambe leggermente divaricate, lo sguardo che si perde verso l'alto.

Il minore si avvicina alla ragazza, si accuccia accanto a lei, si rivolge al fratello. «Gesso,» gli dice «dobbiamo andare via». Il fratello non muove un muscolo: ha la bocca leggermente aperta, come se fosse stato colto di sorpresa da qualcosa che si trova in un punto del soffitto.

«Devi farlo venire via da lì» gli dice la ragazza, secca. Ha i capelli liscissimi, la frangetta stirata che disegna un angolo strano con la faccia, come una tenda parasole che le arriva fino alle sopracciglia. «È quello che sto provando a fare» risponde lui. «Lì non ci può stare» ribadisce lei. «Ho capito,» dice Uto spazientito «mi lasci fare, per favore». La ragazza alza gli occhi al cielo, poi si mette in piedi e si allontana un po': si ferma sulla soglia della porta, con le braccia conserte, a osservare i due ragazzini.

«Gesso,» ripete Uto «dobbiamo andare. Mamma ci aspetta». Ma è come se non esistesse.

Allora il minore si sente stanco, si sente stanchissimo. Gli viene da ridere e si chiede (forse ad alta voce, forse no), «Ma io cosa ho fatto di male?».

Si mette sulle ginocchia, gattona vicino al fratello, si sdraia accanto a lui, a guardare la stessa cosa che sta guardando lui. «Ehi, ma che fai pure tu?» gli grida la ragazza. «Devo chiamare la sicurezza?».

«Mi lasci fare, per favore» le ripete lui senza staccare gli occhi dall'oggetto che penzola sopra le loro teste. Con le dita della mano destra cerca le dita della mano di Gesso, e quando stabilisce il contatto si ferma, le braccia allargate, le gambe che seguono il loro esempio quasi per un riflesso involontario: due stelle marine sul pavimento.

«Ho letto sulla didascalia che quando Vladimir Tatlin l'ha costruita s'immaginava che le persone potessero usarla per andare a lavorare» dice Gesso. «Avrebbero dovuto infilarcisi dentro e poi volare, come uccelli» aggiunge. «E lo hanno fatto?» chiede Uto. «Non ha mai funzionato,» risponde il maggiore «e ora sta appesa immobile in un museo».

Uto sente i movimenti della ragazza che lascia la sala, probabilmente per andare a chiamare qualcuno.

«Gesso. Dobbiamo andare via da qui» prova a dirgli di nuovo.

«Io la trovo bellissima». Ha gli occhi aperti, spalancati, puntati verso il soffitto: le palpebre sono immobili e sta lacrimando per colpa della luce bianca. «Guarda, guarda anche tu» aggiunge quando sente che Uto si è voltato per osservarlo.

«Gesso. Dobbiamo tornare a casa con mamma».

«Sì, sì. Tu però guarda» gli dice lui.

Allora Uto apre bene gli occhi, li spalanca, e mentre blocca il movimento delle palpebre tiene saldo il contatto tra la punta delle sue dita e la punta delle dita di Gesso, non distoglie lo sguardo neppure quando sente avvicinarsi i passi della ragazza accompagnata dalla sicurezza, quando i contorni della macchina che non vola sfumano e quello che vede diventa solo bianco, e abbassando appena la voce, come si fa con un segreto, chiede, «Ma che cosa devo guardare?».

Il maggiore ulula in direzione della luce.

Emma e Uto

Alla radio passa una canzone di cui Emma non sa il titolo; la canticchia con le labbra serrate e le viene in mente che l'anno prima l'ascoltava in versione strumentale in una pubblicità che spesso mandavano mentre lei guidava verso la città per raggiungere l'università, o per andare a dare ripetizioni a quel ragazzino ricco e strano che non riusciva a concentrarsi sui compiti. Ci ripensa, ripensa ai pomeriggi interi in camera di lui a cercare di risolvere le disequazioni, o a tradurre Tacito, a come si sono diradati nel tempo: ora ha smesso di guidare verso la città, perciò non sa più se quella pubblicità vada ancora in onda.

Paolo è rientrato dalla sua pausa sigaretta, ha messo in ordine dei pacchi di biscotti che non avevano bisogno di essere ordinati, le ha chiesto un caffè: è stato un gesto di pace tra i due, nonostante entrambi sapessero che si sarebbero rivolti la parola solo per dirsi lo stretto necessario, quella sera. Ormai sono quaranta minuti buoni che si è sistemato sullo sgabello dietro la cassa, ha le cuffiette nelle orecchie e ha aperto l'applicazione di Netflix sul cellulare. Da qualche settimana sta guardando *Orange is the new black*, e ogni tanto cerca di convincere Emma a guardarlo con lui, per commentare insieme quelle «tipe cazzute che sanno farsi rispettare», o per rallegrarsi del fatto che tra tanta «cazzutaggine» gli sia concesso di vedere «pure qualche bella tetta ogni tanto». Lei ha sempre declinato con un sorriso; non crede di essere pronta ad assistere a una scena di sesso tra due donne con in sottofondo i commenti di Paolo.

Emma ha pescato una focaccia ripiena dal banco frigo e la sta scaldando sulla piastra: cotto e formaggio a mezzanotte e quaranta, per ammazzare la noia e tenersi impegnata. Si siede a uno dei tavolini davanti alla vetrata e guarda le luci che illuminano il tratto di autostrada davanti a lei; sulla sinistra dell'edificio c'è un gazebo di legno immerso nella neve, non si riesce neppure a distinguere il rosso del tetto.

Il punto è che, nonostante abbia cancellato il numero di sua madre, lei quelle dieci cifre ce le ha stampate in testa. Ogni tanto si sorprende a recitarle, come fossero un mantra, un esercizio quotidiano a cui si sottopone senza nutrire alcuna speranza. Cosa le direbbe, se dopo pochi squilli le arrivasse la sua voce dall'altra parte? Urlerebbe? O sarebbe fredda, distaccata? Come vorrebbe far sentire sua madre? Questo non lo sa. Sa però che c'è una domanda che vorrebbe farle, vorrebbe chiederle di quella sera a tavola, quando parlando della gita in Riviera ligure aveva tirato fuori quella storia dell'esplosione, ed era stata una rivelazione per Emma, perché all'improvviso si era ricordata tutto, le sirene dell'ambulanza, la paura, i suoi genitori che scappavano con lei in braccio, lo zucchero filato. Vorrebbe chiederle conto di quella cosa che ha detto, di quando ha detto che è così che fanno loro, vanno avanti senza mai guardare indietro. Ma loro chi? Perché forse per suo padre è vero. Forse suo padre ha dovuto lasciar andare l'esplosione, l'omissione di soccorso, la fuga, perché aveva bisogno di schierarsi dalla parte dei vivi. E in fondo poi è la stessa cosa che ha fatto anche con sua madre: non l'ha mai più cercata. Dopo i primi mesi in cui vagava per casa con una vestaglia pesante sulle spalle e parlava poco, è tornato quello di prima: lo vede rientrare la domenica mattina dopo che ha fatto una passeggiata al fiume e lo sente canticchiare sul vialetto. Ha lasciato andare sua madre ed è andato avanti, così come sua madre ha fatto con loro due, senza mai voltarsi indietro, senza neanche far mai squillare a vuoto il telefono di casa, senza segnali e senza ripensamenti. Ma perché lei non ci riesce? Perché lei non fa parte di quel *noi* pronunciato da sua madre? La ragazza con lo zucchero filato va a visitarla in sogno quasi tutte le notti: con la coda di cavallo e un vestito primaverile la saluta da dietro il suo carretto, e sembra quasi che le stia dicendo, «Io qui sto bene, puoi andare, puoi ricominciare a camminare in avanti».

Le porte automatiche si aprono, se ne accorge per il freddo, che la colpisce all'improvviso sulla schiena.

«Sto cercando una persona».

Paolo non si è accorto di niente, tutto immerso nell'episodio che sta guardando: è Emma a voltarsi e a vedere il ragazzo lì, sulla soglia.

Ha i capelli biondo cenere tagliati in modo geometrico, leggermente rasati ai lati e con un ciuffo lungo che porta sulla sinistra. Sono completamente bagnati, così come i pantaloni, e il giaccone. È giovane, pallido, e sta tremando.

«Ma che cazzo...» dice Emma, che smette di tormentare i resti di focaccia fredda nel piatto e si dirige verso di lui. «Levati dalla fotocellula, così si chiudono le porte!».

Il ragazzo fa qualche passo avanti ma poi le gambe smettono di sorreggerlo.

«Paolo! Paolo, aiutami!» urla lei mentre va ad afferrarlo per il busto cercando di evitare l'impatto col suolo. Paolo alza la testa dallo schermo del cellulare, poi si toglie le cuffie e corre ad aiutarla.

«Ma che cos'ha?» le chiede.

«E io che ne so?» dice lei. «Puoi recuperare dei vestiti asciutti?». Sfila il giaccone al ragazzo mentre lui inizia a riprendersi e asseconda i movimenti per togliere le braccia dalle maniche. Paolo annuisce e va verso lo stanzino sul retro.

«Riesci ad alzarti?» gli chiede Emma. Il ragazzo annuisce, si mette in piedi, e con l'aiuto di lei raggiunge una sedia. Paolo arriva con il pantalone di una tuta, un maglione. «Bene. Tu aiutalo a cambiarsi. Io ti porto un tè bollente».

Sono seduti al tavolo vicino alla vetrata. Emma punta i gomiti sulla superficie e con le mani si sorregge il mento; la focaccia avanzata è lì davanti a lei, tutta sbocconcellata e fatta a pezzettini. Le viene da vomitare, e la sposta di lato. Guarda il ragazzo di fronte a lei, che sorseggia il tè bollente, mentre le sue guance tornano a prendere un po' di colore.

«Sto cercando una persona» dice di nuovo, appoggiando la tazza sul tavolo. Sembra che si stia risvegliando gradualmente dal torpore. Paolo è tornato alla cassa, si è rimesso le cuffiette e continua a guardare Netflix: non sembra particolarmente interessato alla situazione.

«È qui?» chiede il ragazzo guardandosi intorno, e la domanda non ha senso. Dove dovrebbe essere?, vorrebbe rispondergli Emma, ma lui sembra molto confuso, d'un tratto agitato.

«Ha un giaccone con il cappuccio, e sotto un maglione colorato».

Il ragazzo si porta le mani sulle palpebre e le strofina, come per mettere a fuoco un'immagine da descrivere. «Un po' più basso di me, i capelli più scuri, lunghi, legati in una coda». Apre gli occhi e guarda Emma, «È mio fratello» aggiunge.

«L'ho visto» dice lei. «È passato di qui».

Allora lui s'illumina, poi il suo volto si contrae in un'espressione sofferente. «Cosa vuol dire, è passato?».

«È entrato, mi ha chiesto un caffè americano, gliel'ho fatto,» dice Emma che sente salire il panico «e poi è andato via».

Il ragazzo lascia crollare la testa sulle braccia conserte, come se si fosse addormentato tutto d'un colpo.

«Lui... ha detto che era venuto a piedi» aggiunge Emma, preoccupata, «ma io non gli ho creduto».

Il ragazzo solleva la testa, si guarda un po' in giro, poi ferma lo sguardo su Emma. «Tutto qui?».

Lei annuisce, mortificata. Ma cosa ne poteva sapere che era tutto vero? Come poteva immaginare che lo fosse?

Il ragazzo si alza, si infila le scarpe, riprende il giaccone ancora umido che Emma ha appeso sulla sedia accanto alla sua. «Io vado a cercarlo» dice.

«Intendi... a piedi?».

Lui chiude la cerniera del giaccone. «E come pensi che sia arrivato fin qui?».

Fa per andare verso la porta, quando le parole escono dalla bocca di Emma senza che lei ci abbia davvero riflettuto. «Aspetta,» dice «vengo con te».

Lui sembra sollevato. «Hai una macchina?» le chiede.

«No. Non guido» gli risponde lei. «E dubito che andremmo lontano guidando» aggiunge, come se fosse una scusa per la sua mancanza.

«No. Sì. Hai ragione».

Uto la aspetta mentre va a prendere un giaccone dallo spogliatoio; quando le fotocellule si aprono, il freddo li colpisce in faccia. Nel parcheggio non c'è proprio nessuno: anche i camion che Emma ha visto al suo arrivo hanno lasciato l'area di sosta, probabilmente temevano di rimanere impantanati.

«Ehi, dove cazzo andate?» urla Paolo, che si è tolto le cuffiette e sembra accorgersi solo ora della situazione.

«A cercare suo fratello» gli dice Emma ad alta voce. Poi, quando Uto è già uscito, usa il labiale e i gesti per dire a Paolo, «Chiama qualcuno».

Camminano sul bordo dell'autostrada, illuminato da sparuti lampioni che proiettano una luce bianca sulla neve: già dopo pochi metri le caviglie affondano, le scarpe sono fradicie.

Emma ha acceso la torcia del telefono e la punta oltre il guardrail, verso il terreno che digrada in una valle stretta, verso le fronde degli alberi, verso il rumore di un torrente nascosto alla vista. Le montagne sono buie, e se già di giorno strozzano la vista con i loro colori ferrosi, la notte diventano inespugnabili.

Il ragazzo cammina sempre più veloce; a testa bassa cerca delle tracce nella neve, che però continua a cadere, coprendo il passaggio di chi forse, prima, è stato lì, ma ora è stato inghiottito dal bosco.

Poi si ferma di fronte al guardrail, guarda oltre, verso il basso, dove si infittiscono gli alberi. «Andiamo per di qua» dice.

«No, aspetta», lo ferma lei. Istintivamente allunga la mano e gli stringe il polso. «Non possiamo entrare nel bosco di notte così».

«Io vado» dice Uto, liberandosi dalla stretta e scavalcando il guardrail.

«È una cosa stupida. Così ti perdi anche tu» insiste Emma. «Neanche prende bene il telefono».

«È lì da qualche parte» dice Uto. «Non vedi come nevica? Bisogna trovarlo».

«Lo so. Ma non si cerca così nei boschi» dice Emma, che tenta di mostrarsi calma.

«E tu che cazzo ne sai di come si cerca?» gli urla in faccia lui, che si è girato e la sta guardando con rabbia.

Il freddo taglia la faccia a Emma, che si rivede poco tempo prima impegnata in una ricerca simile, insieme al padre che di fronte a lei urla il nome del cane e aspetta che la montagna gli restituisca l'eco.

«Stai calmo. Non serve a niente se ti perdi pure tu».

Ha ragione, e Uto lo sa. Per quello si appoggia al guardrail, senza smettere di guardare il bosco.

«Abbiamo chiamato i soccorsi. Stanno per arrivare; se torniamo alla stazione di servizio possiamo parlare con loro, e organizzare le ricerche».

«Io non me ne vado da qui» dice Uto, fermo.

Anche Emma scavalca, si appoggia al guardrail vicino a lui.

«Abbiamo organizzato una ricerca simile qualche mese fa, io e mio padre» gli racconta. «Per Gianni».

Uto non sembra ascoltarla, ma Emma continua, perché non è a lui che sta raccontando quella storia. «Gianni non è una persona, è un cane. L'avevo investito». «È stato un incidente» si affretta ad aggiungere.

«Non è morto dopo l'incidente. L'hanno operato, ed è tornato a casa. Però, insomma, era vecchio. Non è che stava più benissimo. Poi un giorno, non ce l'aspettavamo per niente, un giorno si è alzato dal divano, è andato fuori in giardino a giocare. Mio padre era felicissimo. Siamo stati con lui a giocare per un'ora, siamo rientrati solo per preparare da mangiare. E poi niente, sono uscita a chiamarlo, e lui non c'era più. Il cancello era aperto, quello del giardino, dopo l'incidente si era storto tutto e la serratura non combaciava più, quindi ci mettevamo un catenaccio solo la sera, prima di andare a dormire. Ma Gianni non si era mai allontanato, non era da lui».

«Abbiamo preso a cercarlo nei dintorni, siamo andati dai vicini a chiedere. Abitiamo in un posto piccolo, lo conoscevano tutti. Però non l'avevano visto. Accanto alle case c'è un bosco, e abbiamo iniziato a cercarlo lì. Poi il sole è venuto giù, e abbiamo dovuto rimandare le ricerche al giorno dopo. Abbiamo organizzato una piccola squadra; in paese ci hanno dato tutti una mano».

Uto si alza e cammina dritto verso il bosco. «Oh, che fai?!» urla lei. Ma non lo segue. Rimane appoggiata lì, a guardare il ragazzo entrare nella macchia di alberi, e le sale il panico, la immobilizza completamente, gelandole il corpo e rendendola incapace di muoversi. Vorrebbe non essersi mai vestita per arrivare fin lì quella sera, vorrebbe essere rimasta sul divano con suo padre, sempre silenzioso ma sempre presente, e vorrebbe che su quel divano ci fosse stato anche Gianni, solo loro tre, seduti insieme a guardare un film, senza dirsi nulla, a godere l'uno della presenza dell'altro, completamente liberi dal fantasma dell'assenza. Che senso ha passare il proprio tempo con chi se n'è andato? Non se l'è mai chiesto prima, ma il freddo ora le fa scoppiare nelle tempie questa domanda. Che senso ha essersi esiliata lì, lontana dal mondo? Non lo sa quanti minuti passa in questa sorta di lucidità improvvisa, non sa neppure se ha smesso di respirare per la durata di questa sensazione, sa solo che a un certo punto lui torna: Uto esce dal bosco correndo verso di lei, inciampa nella neve, le viene incontro. «Ok, torniamo alla stazione di servizio» dice. Sembra si sia risvegliato di colpo anche lui, immerso come lei in una nuova chiarezza; scavalca il guardrail e inizia a camminare nella direzione da cui sono venuti. Emma riacquista la capacità di movimento e scavalca a sua volta, torna sulla carreggiata, sente sotto la pianta dei piedi l'asfalto, nascosto sotto la neve, la fanghiglia. Uto sta quasi correndo, Emma accelera il passo. Poi lui si ferma di botto, «L'avete trovato alla fine?», e lei realizza che la stava ascoltando, che l'aveva ascoltata tutto il tempo.

Lo avevano trovato, la sera del giorno seguente, lo aveva trovato suo padre. Vicino a un albero, sembrava dormire, ma avevano capito subito che non era così. Aveva giocato con loro e poi si era allontanato, per morire nel bosco, via dal suo sguardo e da quello di suo padre. Aveva zoppicato di fianco a lei durante le camminate che avevano fatto durante il periodo di riabilitazione, aveva inghiottito senza protestare le medicine prescritte dal veterinario, aveva dimostrato lo stesso amore con cui l'aveva amata da quando era entrato nella sua vita, e lui era ancora un cucciolo di cane e Emma un cucciolo di essere umano, e si erano scelti. Gianni non l'aveva abbandonata, ma quando era stato il momento non si era guardato indietro. Non si era guardato indietro quando era entrato nel bosco, non si era guardato indietro quando aveva sentito il suo nome urlato a pieni polmoni da Emma e da suo padre. Era andato avanti, magari zoppicando, ma era andato avanti, fino a quando era arrivato al luogo in cui sentiva di dover arrivare.

«Sì, lo abbiamo trovato» gli dice.

Devono tornare indietro il più in fretta possibile; devono tornare alla stazione di servizio, devono avvertire la polizia, la guardia forestale, il soccorso alpino, devono organizzare delle squadre, sbrigarsi. Devono far passare le ore in fretta e anche fermare il tempo il più possibile, devono fare in modo che arrivi la mattina, devono far smettere la neve di cadere così insistente.

«Come si chiama tuo fratello?» gli chiede Emma.

«Gesso» dice Uto.

«Gesso» ripete piano Emma. Poi lo urla, «Gesso!», e mentre urla comincia a camminare, più veloce. «Gesso!» fa Uto, e anche lui riprende a camminare, prima veloce, poi inizia a correre, la supera, corre verso la stazione di servizio, corre davanti a lei, urlando il nome del fratello. Dice, Gesso, Gesso, Gesso, e lei urla insieme a lui, Gesso, Gesso, Gesso.

La montagna restituisce l'eco:

Gesso, Gesso, Gesso, Gesso.

Gesso.

Gesso.

Dopo

Le ricerche nel bosco sarebbero iniziate poche ore dopo, con i primi raggi del sole. Avrebbero vagato tra gli alberi accompagnati dalle squadre di soccorso e poi si sarebbero ritrovati nella stazione di servizio, con addosso delle coperte, i pantaloni fradici, una tazza di caffè caldo che nessuno dei due avrebbe avuto voglia di bere. Gli agenti allora si sarebbero offerti di accompagnare il ragazzo alla centrale più vicina, dove sarebbero arrivati anche i suoi genitori, promettendogli che gli avrebbero dato notizie al più presto. Emma lo avrebbe scortato fuori, fino all'auto della polizia, un fuoristrada con le luci blu accese: lo avrebbe guardato prendere posto dietro, con gli occhi persi nel vuoto, i capelli spettinati, i vestiti stropicciati. Prima che la macchina si mettesse in moto, lui avrebbe aperto la portiera, l'avrebbe guardata e le avrebbe solo detto, «Vieni, per favore». Mentre saliva in auto, avrebbero sentito insieme il rumore di un elicottero che si avvicinava.

Non sarebbe stato possibile vivere come avevano vissuto prima di quella notte, ascoltando la montagna restituire le loro voci, riflettere i colori delle sirene, scoprendosi le facce devastate all'arrivo dell'alba. E infatti non è così che avrebbero vissuto, come due estranei che si incontrano nel mezzo del nulla nella notte più fredda di tutte: perché al sorgere del sole la parola «estranei» non avrebbe più potuto significare quello che erano diventati l'uno per l'altra, una volta sopravvissuti alla notte.

Si sarebbero incontrati poi mesi dopo. Seduta sul divano di casa, mentre guardava un film, Emma avrebbe ricevuto la sua chiamata, avrebbe guardato con angoscia il cellulare, indecisa se rispondere, e poi – appena in tempo, all'ultimo squillo – avrebbe portato il telefono all'orecchio. «Sì?» avrebbe esordito con la voce un po' roca. «Emma, sono Uto» le avrebbe detto lui, e lei sarebbe rimasta sorpresa di sentirlo. Avrebbe abbassato il volume della tv senza mettere in pausa il film, parlando al telefono mentre sullo schermo continuavano ad andare le immagini di una commedia romantica italiana scelta pigramente dal catalogo di Netflix. Avrebbe accuratamente evitato di fargli domande delicate tipo «come stai?» o cose del genere, parlando per una decina di minuti del più e del meno, dell'estate alle porte, degli esami all'università. «Devo dare Farmaco, è tosto,» avrebbe detto lui «però dopo parto, vado in Grecia con dei compagni di corso». Avrebbero esaurito gli argomenti ma poi, appena prima di attaccare, lui si sarebbe fatto coraggio. «In realtà ti chiamavo per una cosa. Devo andare a recuperare l'auto», riferendosi alla macchina rimasta sull'autostrada che era stata portata via da un carro attrezzi quella notte stessa, e che lui non aveva ancora reclamato. «Sì,» avrebbe aggiunto «è passato un po', e ora mi serve».

Ci sarebbe stato un po' di silenzio, poi lui le avrebbe chiesto – probabilmente con lo stesso sguardo che Emma avrebbe ripescato dalla memoria, quello che le aveva già rivolto dall'auto della polizia qualche mese prima, e che ora non poteva vedere ma solo immaginare – «Vieni, per favore?», e l'intonazione interrogativa della frase non sarebbe riuscita a nascondere la voce che si rompeva.

E quindi sarebbe andata: con il treno fino in città, poi un autobus per arrivare davanti al deposito che lui le aveva indicato, dove si sarebbero incontrati alla luce del sole, con dei vestiti più leggeri addosso, e con la sensazione di vedersi per la prima volta davvero, senza che la bufera offuscasse loro la vista. Firmate le carte per il rilascio, si sarebbero seduti in auto, lui al posto di guida, lei sul sedile del passeggero; Uto avrebbe messo in moto, guidato fino al cancello, lei avrebbe abbassato il finestrino e acceso l'autoradio, da cui non sarebbe uscito nessun suono. Allora lui si sarebbe fermato, avrebbe spento la macchina, e con gli occhi puntati verso qualcosa oltre il parabrezza avrebbe detto solo, «Non ce la faccio». Sarebbero rimasti così per un po', mentre lui iniziava a piangere in silenzio, con la mano sul freno a mano tirato. A quel punto qualcosa sarebbe successo nel corpo di Emma, invaso da un calore nuovo, una specie di coraggio, una specie di consapevolezza. Avrebbe slacciato la cintura, aperto la portiera e poi si sarebbe ascoltata dire, «Guido io». Così avrebbe messo in moto l'auto, e mentre si lasciavano alle spalle il deposito il suo sguardo sarebbe stato rivolto in avanti.

L'uomo che vola

Apri gli occhi e sei di nuovo nella stanza bianca. Di nuovo senti le ciglia che si attaccano tra loro, le palpebre che stentano a rimanere aperte: con le mani rimuovi i residui dagli occhi e ti accorgi al tatto che questa volta non si tratta di secrezioni del sonno. Quello che avevi intorno alle ciglia è ghiaccio. Sei sdraiato a terra. Ti metti a sedere, lasciando le gambe tese lunghe davanti a te e portando il peso sulle mani, che appoggi dietro la schiena. Il pavimento su cui ti trovi è cedevole, molle sotto le tue natiche: i vestiti sono bagnati e ti infradiciano la schiena. Senti freddo alle estremità del corpo, ma anche un forte impulso a toglierti i vestiti. Ti sfili il giaccone; facendolo, noti che le tue mani ti sono quasi estranee, bianchissime. Provi a strofinarle tra loro ma non senti calore. Insisti: piano piano questo freddo passerà.

Ti tiri su in piedi e finisci di svestirti completamente, fai cadere i vestiti bagnati a terra, e sotto i tuoi piedi senti che il pavimento si fa più solido: ti senti piantato al suolo, stabile. Ti guardi in giro, e non c'è niente, e nessuno. A parte me, ovviamente. Sto accanto al mucchio dei tuoi vestiti bagnati, anche il mio pelo è umido, ma si sta asciugando. Con gli occhi segui le orme fangose che ho lasciato per terra, ma che stanno velocemente sbiadendo, così come sbiadisce, all'orizzonte, quello che sembra un bosco. È il posto da cui siamo venuti, ma tra pochi istanti non si vedrà più. Non è importante: non è il posto a cui torneremo, perciò può essere inghiottito a sua volta dal bianco.

Sollevi la testa verso l'alto, e la vedi: la macchina è appesa al soffitto. La corda collegata alla carrucola che ti permette di alzarla o abbassarla è per gran parte arrotolata sul pavimento; l'estremità si trova in corrispondenza dei tuoi piedi. Provi a cercare le persone che prima si trovavano nella stanza: non sono qui, e non torneranno. Ora sta a te.

Cammini descrivendo dei cerchi, con lo sguardo puntato verso la macchina, a contemplarla un'ultima volta: non la vedrai più da questa prospettiva.

Perché ora è arrivato il momento di provarla, di restare appeso al soffitto e poi buttarti giù, per azionare il movimento delle ali. Non è la velocità, è il movimento, è a quello che devi abbandonarti. Entrerai nella pancia della balena, infilerai le braccia nelle ali: farai quello che nessuno è riuscito a fare, aggiusterai quello che era rotto.

Usi la corda per abbassare la macchina, fino a farla arrivare a terra, poi ti sdrai sul pavimento, gattoni sugli avambracci per entrare nella struttura. Fare queste operazioni da solo è più difficile, ma non preoccuparti: ci sono qui io.

Quando ti sei sistemato nella pancia della macchina, quando hai assicurato le cinghia intorno al tuo busto magro e pallido, allora è il mio turno: prendo la corda nella bocca e inizio a tirare, arretrando. Sei molto leggero, e così la macchina: vi sollevo con poco sforzo.

Sei pronto al volo: inizia a sbattere le ali, ad abituarti all'idea del movimento. Con i miei denti vecchi rosicchio la corda: nell'attimo in cui l'avrò tagliata la macchina funzionerà.

Forse non è il modo più ortodosso di azionarla, ma abbiamo abbandonato da tempo la strada convenzionale, optando per una più tortuosa.

Guarda giù un'ultima volta: sono qui, come la prima volta che ci siamo visti. Se provassi a mettere a fuoco i contorni vedresti ancora i bordi del mondo di prima, gli alberi, la vallata, la notte, l'autostrada, il guardrail che abbiamo scavalcato insieme, tu aiutandoti con le mani, io facendo un salto. Ma non ci provi neppure, ignori i rimbombi lontani della bufera di neve, e quelli piano piano spariscono per sempre.

Non c'è più un posto dove tornare: resta qui, nell'eco del nostro ululato, dove il bianco esplode.

Quindici anni prima

Arrivano all'albergo la domenica pomeriggio, alle quattro e mezza: la struttura è quasi completamente vuota, perché le persone stanno rientrando dalle piste, e quelli che sono già rientrati fanno un pisolino nelle loro stanze. I pochi clienti che popolano la hall sono in accappatoio e ronzano intorno al buffet pomeridiano di dolci e verdure crude da intingere nel pinzimonio. Uto è affascinato da quelle persone in ciabatte, avvolte in accappatoi tutti uguali, spugna bianca che pare morbidissima al tocco. Sembrano un esercito: il minore si aggrappa al braccio della madre e le chiede se pure loro cammineranno per l'albergo in accappatoio. «Non ora» gli dice lei, e si avvicina alla reception insieme al padre. Un ragazzo con una divisa nera e bordeaux si occupa dei loro bagagli, li carica su un carrello laccato d'oro: aspetta che la ragazza bionda dietro il bancone della reception dia alla famiglia il numero della camera, ma si tiene abbastanza defilato per non disturbare la loro privacy. La ragazza alla reception consegna al padre la chiave con un portachiavi d'ottone molto pesante su cui è inciso il numero 321: il primo numero è quello del piano, aggiunge. Il padre la ringrazia, poi si rivolge alla madre e le chiede, «Dove è finito Gesso?». Lei lo cerca con gli occhi e lo vede in piedi oltre il buffet, vicino alle grandi finestre che danno sulla valle innevata che sale e si inerpica su per le montagne scure di foreste e bianche di neve. Va a chiamarlo, dice che è ora di andare in camera. La famiglia si avvia verso l'ascensore, mentre il ragazzo in divisa nera li segue spingendo il carrello con sopra i loro bagagli.

In camera, il padre si sdraia sul letto e dice che si riposerà un po', per riprendersi dalle ore passate alla guida. La madre stizzita cerca un pacchetto di sigarette ed esce sul balcone. L'albergo è uno di quei posti di lusso sulle Alpi, tutto in legno chiaro: loro quattro stanno nella Junior Suite, una stanza che ha anche un tavolo e una piccola cucina, oltre che un bagno molto grande e una vasca quadrata con i bocchettoni per l'idromassaggio. Il maggiore e il minore la riempiono ma non entrano: osservano il movimento dell'acqua provocato dai bocchettoni.

Non è stato un viaggio piacevole. Già dalla mattina l'aria era pesante, colpa del padre che si era svegliato tardi e non aveva aiutato la madre a fare le valigie. Quando era arrivato in cucina, dove lei stava riempiendo un thermos con del caffè per il viaggio e fumava nervosamente, era stato aggredito dalla donna che gli aveva detto che per quanto la riguardava quella era l'ultima volta in vita sua che gli piegava le mutande da mettere in una borsa. «Perciò regolati». Lui aveva scherzato con i figli, entrambi seduti al tavolo di fronte ai rimasugli della colazione, «Ha proprio bisogno di una vacanza la mamma, eh? Che ne dite?». Lei aveva lasciato la stanza bofonchiando un «e vaffanculo», che aveva fatto ridacchiare il maggiore. «Non dovresti ridere di mamma» gli aveva detto il padre. «Non stavo mica ridendo di mamma» aveva risposto lui, fissando il suo sguardo negli occhi dell'uomo.

La situazione era peggiorata strada facendo. La meta che avevano scelto per la settimana bianca era parecchio distante, quasi quattro ore di macchina; l'hotel metteva a disposizione un servizio navetta per arrivare fin lassù, in un luogo abbastanza in alto da dare l'illusione ai clienti di trovarsi in una sorta di rifugio alpino di lusso. La navetta partiva su prenotazione dal paese sotto l'hotel ma, arrivati nella piazza, era venuto fuori che nessuno aveva chiamato la reception per richiedere il servizio di trasporto. La madre si era infuriata, dicendo al marito che quello era compito suo, d'altronde era l'unica cosa che gli aveva chiesto di fare, visto che si era occupata lei di tutti i dettagli della vacanza; lui aveva alzato le spalle dicendo che sarebbe stata un'ottima occasione per provare le potenzialità della sua nuova macchina, un'auto sportiva che si stava comprando a rate nella concessionaria in cui lavorava da qualche mese. La salita all'albergo era una successione di tornanti che il padre aveva affrontato con una guida vivace, senza badare troppo alla presenza dei due bambini seduti nei sedili posteriori. Nonostante si fosse concentrato moltissimo su un punto fisso di fronte a sé, nonostante avesse stretto forte i pugni tra loro, il minore non era riuscito a tenere a bada lo stomaco, e in preda ai sudori freddi aveva vomitato l'intera colazione addosso al maggiore. «Cazzo!» aveva strillato Gesso, e il padre si era arrabbiato. «Cosa avevamo detto in merito alle parolacce?» aveva sbottato. «E vaffanculo!» gli aveva risposto lui mentre apriva la portiera e usciva fuori, senza quasi lasciare il tempo al padre di fermare la macchina. Alla madre era scappato da ridere, e il padre si era arrabbiato ancora di più; lei aveva continuato a sghignazzare mentre scendeva dall'auto, apriva la portiera e faceva uscire anche Uto, mortificato, e non aveva smesso neppure mentre recuperava dei vestiti puliti dal borsone che si trovava nel bagagliaio. Si erano cambiati a lato della strada coi tornanti, Gesso da solo, Uto con l'aiuto della madre, tutti e tre contagiandosi a vicenda con le risatine. Quando erano saliti in auto, il padre aveva detto, «Molto divertente». Aveva guidato spingendo ancora di più sull'acceleratore, fino a fermare l'auto sullo spiazzo di fronte all'hotel. La madre lo aveva fulminato con lo sguardo prima di dirigersi con ampie falcate verso l'ingresso.

Il minore ha otto anni; il maggiore dodici. È da un paio di mesi che ascoltano i genitori programmare la settimana bianca. La madre ha quarantadue anni, il padre quarantacinque. La madre si chiama Giorgia, il padre Sergio. Non è importante: nessuno a questo punto della storia li chiama in altro modo se non mamma e papà. I bambini si chiamano Uto e Gesso, o almeno, così è come li chiamano tutti.

Sono andati fin lassù, sulle Alpi, per sciare. Nonostante siano ancora dei bambini, non se la cavano male: merito (o colpa) del padre, che ha insistito da quando erano piccolissimi a portarli sulle piste. Il primo giorno, il lunedì mattina, i genitori provano a inserirli nel gruppo di sci dell'albergo, quello riservato ai bambini dai sei ai dodici anni, per permettere loro di fare amicizia. Ma alla fine della prima giornata è ovvio che i due fratelli sono più bravi di tutti gli altri, ed è lo stesso maestro di sci che consiglia ai genitori di non farli restare lì, di portarseli sulle piste o addirittura di lasciarli andare da soli. Il padre è molto orgoglioso, gonfia il petto arrogandosi il merito del talento dei figli. La madre si limita a ringraziare il maestro per i consigli. I fratelli sembrano molto sollevati di essersi liberati del gruppo di coetanei.

L'albergo è un posto grande, difficile da esplorare nella sua interezza. Loro quattro restano sulle piste dall'orario di apertura a quello di chiusura, e poi rientrano stanchi verso le cinque. Spesso i genitori, dopo essersi fatti una doccia, si addormentano sul letto o restano in una fase di dormiveglia fino a cena: solo una volta cedono alle insistenti richieste del minore di sfruttare la piscina interna all'hotel. Si mettono gli accappatoi e scendono in ascensore fino al piano meno uno: la piscina è per metà al coperto, per metà all'aperto. Per passare da dentro a fuori basta attivare una fotocellula che controlla due porticine di vetro le quali, una volta oltrepassate, ti permettono di nuotare fino alla vasca esterna, piena di acqua riscaldata da cui fuoriescono nuvolette di vapore. Il minore si diverte a sentire il gelo che gli punge le spalle quando prova a uscire per un secondo appena dall'acqua ed esporsi al clima rigido dell'inverno alpino. Il maggiore non ha voluto seguirli: è rimasto in camera, sdraiato sul letto, a guardare la tv. Mentre nuota con i genitori, Uto sente la mancanza di Gesso: lo immagina da solo, in camera, triste. Allora smette di divertirsi, e così come prima ha insistito per scendere in piscina inizia ad assillarli per rientrare in camera. Quando tornano su, non trovano il maggiore dove lo avevano lasciato. La madre inizia ad agitarsi, a chiamare il suo nome a voce sempre più alta, il padre la prega di calmarsi, ma per qualche ragione non riesce a stare fermo, apre persino le ante degli armadi. Tutti tirano un sospiro di sollievo quando le porte scorrevoli del balcone si aprono da fuori e Gesso rientra, con indosso un maglione e l'aria assonnata.

«Siete già tornati?» chiede. «Cosa ci facevi là fuori?» gli urla il padre. «Niente,» risponde lui «mi guardavo in giro».

A cena si vestono tutti un po' eleganti, perché hanno visto che è quello il tono che si danno gli ospiti dell'albergo. Il menu lo hanno scelto la mattina, mettendo delle crocette sul foglio lasciato sul loro tavolo dalla cameriera che porta le bevande calde. Il padre parla molto: con loro, ma anche con le persone dei tavoli vicini, con i camerieri.

Al terzo giorno si è già fatto degli amici, e la sera lui e la moglie si fermano al bar dell'hotel a bere un drink. La madre non è così: lei non è il tipo di donna a cui piace parlare con gli sconosciuti, o bere drink. All'inizio di tutto, prima che arrivassero Uto e Gesso, prima ancora che si sposassero, forse era questo modo di fare dell'uomo che l'aveva fatta innamorare di lui, ma ormai questo atteggiamento la mette solo in difficoltà, o le provoca addirittura fastidio. Il minore e il maggiore vedono la sua aria sofferente quando si alzano dal tavolo insieme, e vedono il modo in cui cerca di contenersi, di non esplodere, di assecondare la situazione. Mentre i genitori bevono al bar, Uto e Gesso stanno in camera: il minore gioca con il Game Boy Color che gli ha regalato il padre, cercando di coinvolgere il maggiore, che però gli presta attenzione a intermittenza: per gran parte del tempo fissa qualcosa fuori dalla portafinestra.

La notte del quarto giorno, mentre dormono, il minore e il maggiore vengono svegliati dalle urla della madre che entra nella Junior Suite, e da quelle del padre che la segue. Durano per un attimo, poi sembrano spegnersi. Il minore scende dal suo letto e si siede su quello del maggiore, gli chiede, «Cosa facciamo?».

Vanno nella stanza principale, quella con il tavolo: è buio fuori, ma possono intravedere dai vetri della portafinestra i genitori sul balcone che si urlano in faccia, agitando le braccia, camminando su e giù.

«Sembra di guardare un film muto» dice il maggiore, senza scomporsi.

Rimangono per un po' di tempo lì, seduti sulla moquette con le gambe incrociate.

La mattina seguente, è la mattina del quinto giorno, venerdì, i loro genitori non si sono svegliati: la porta della camera è chiusa. Uto e Gesso scendono a fare colazione da soli, mettono le crocette sul foglietto del menu; mentre stanno bevendo il latte caldo, la madre arriva, con i capelli scompigliati e gli occhi gonfi. Dice che quel giorno lei scierà da sola, che il padre li sta aspettando in camera e che loro andranno sulle piste insieme, si rincontreranno poi tutti e quattro la sera, per la cena. I bambini non dicono niente, finiscono la colazione e salgono in camera: solo che in camera non c'è nessuno. Il maggiore si veste, mette la calzamaglia, il dolcevita di lana, la tuta da sci.

«Andiamo, Uto» dice al minore.

Le quattro e mezza di pomeriggio. È una giornata nuvolosa, non c'è molta folla sulle piste. Ci sono i loro genitori, che hanno sciato separati e separatamente si stanno dirigendo verso l'albergo: ognuno crede di aver lasciato all'altro la responsabilità dei bambini, ognuno è concentrato su sé stesso e sulla propria rabbia.

C'è un impianto sciistico, ci sono, seduti sulla seggiovia, due bambini di otto e dodici anni, che sono fratelli, che si chiamano Uto e Gesso.

Nelle tute da sci colorate, Uto e Gesso stanno nell'aria come due palloncini, e questa sarà l'immagine che tornerà nei ricordi del minore una volta cresciuto, un'inquadratura dal basso, un campo totale. Come se lui, lassù, non ci fosse mai stato davvero.

Sono soli sulla seggiovia: la giornata non è stata delle migliori e la pista si sta svuotando, e in più il tipo di persone che frequenta quelle piste preferisce ritirarsi prima, godersi la spa dell'hotel di lusso, andare a fare merenda nella hall con addosso solo l'accappatoio bianco fornito dal servizio in camera.

E sono soli anche quando la seggiovia si ferma.

Non c'è nessuno che possa accorgersene, a parte l'operatore che ferma l'impianto, con i due fratelli ancora seduti. Lo stop spinge le pance dei ragazzi contro la sbarra di sicurezza della seduta. A Gesso scappa un'imprecazione, una di quelle parole per cui il padre si arrabbierebbe, una di quelle che ha cominciato a dire da quando si è fatto più grande, e che Uto ascolta con un misto di invidia e repulsione. Sono le parole che hanno iniziato ad allontanarli, il minore un bambino piccolo, il maggiore che cresce, eppure le loro braccia sono ancora a contatto, le tute da sci premute l'una contro l'altra.

L'operatore non sa dei bambini, perché quel giorno ha trascurato di far compiere alla seggiovia un giro a vuoto per controllare se fossero rimasti zaini, persone, bambini. I bambini non sanno dell'esistenza di un operatore: hanno sempre creduto che la seggiovia non si fermasse, che funzionasse anche di notte o di mattina presto. Questo perché sono bambini, e sono stati disattenti, e non hanno mai osservato davvero l'oggetto che stanno usando da ormai cinque giorni.

Perciò, quando la seggiovia si ferma, Uto e Gesso pensano a un guasto. Il minore si agita. Il maggiore gli dice di stare tranquillo, qualcuno sarà certamente già al lavoro per sistemare tutto. Al minore viene naturale chiedere cosa succederà se nessuno sarà in grado di riparare il guasto. Il maggiore gli dice che non è possibile, perché gli uomini che hanno costruito quella seggiovia e l'hanno fatta partire per la prima volta sapranno di sicuro aggiustarla.

Non è una cosa di cui è poi così sicuro.

Però Uto, il minore, si tranquillizza: si fida ciecamente del rigore logico con cui il fratello ha esposto la teoria del guasto, degli uomini che lo ripareranno. Si fida ciecamente del maggiore, e questa è l'unica certezza che può fargli scordare di essere appeso con i piedi nel vuoto sulla neve, gli aghi dei pini minacciosi ai loro fianchi, la montagna che li sovrasta, la salita ripida sotto di loro che gli dà le vertigini. Ma niente di questo disperde il calore del contatto tra il suo braccio e quello di Gesso.

Passano venti minuti, Gesso inizia a mostrare i primi segni di preoccupazione non vedendo sopraggiungere i soccorsi, e Uto decide di ribadire quella che ormai è una sua profonda convinzione: rassicura il maggiore con le stesse parole che ha usato lui per tranquillizzarlo. Gli uomini che l'hanno costruita e fatta partire sapranno di sicuro aggiustarla.

È gennaio, le cinque di pomeriggio, tira un vento che porta neve: il cielo vira verso le tonalità di grigio che precedono una bufera e l'arrivo della notte. La neve ancora conserva il bianco del passaggio dei raggi: si distingue netto il confine tra terra e cielo.

Per scacciare il freddo e la paura, Uto inizia a canticchiare una canzoncina che ha imparato anni prima all'asilo. La canzoncina fa, «Quel gufo con gli occhiali che sguardo che ha. Lo prendi papà?». A quel punto della canzoncina è richiesto l'intervento di una seconda voce, quella di qualcuno che faccia il ruolo del papà e dica, «Sì». Ma Gesso non risponde, e allora Uto si mette a fare entrambe le voci, anche se pensa che sarebbe meglio se il maggiore giocasse con lui. In tutto quel vuoto, la sua voce rimbomba. Sta attento a non cantare troppo forte, perché si è convinto che con la voce potrebbe creare una slavina.

Mentre il minore canta, Gesso ciondola le gambe; sta con la pancia appoggiata alla sbarra di sicurezza e il busto tutto teso verso il vuoto. Guarda qualcosa sulla neve. Allora Uto smette di cantare. «Cosa guardi» gli chiede. «Fatti i fatti tuoi» risponde Gesso.

Mamma e papà, si dice Uto per rassicurarsi, si saranno già accorti della loro assenza. Probabilmente li stanno già cercando. Probabilmente qualcuno li troverà.

Poi, a un certo punto, dopo aver osservato a lungo qualcosa sulla neve, Gesso sgancia gli sci con le mani e li guarda precipitare verso il basso. Da lassù, un salto di cinque metri.

Uto si spaventa e gli dice, «Non capisco perché hai lanciato gli sci». Il maggiore continua a guardare in basso, poi gli ordina di restare lì, perché è sicuro che i tecnici stanno lavorando per far ripartire la seggiovia, però lui deve andare via. «Ma andare dove?» gli chiede il minore, e il maggiore risponde solo, «Andare», e Uto capisce che è seccato, perché poi Gesso aggiunge, «Ma devi sempre fare tutte queste domande?».

Il minore non si offende né si intimidisce, perché gli hanno insegnato così, se non capisce deve chiedere. «Se non capisco chiedo» dice. Va bene, va bene. Quindici anni dopo, quando Uto correrà su un'autostrada vuota urlando il nome di Gesso, spunteranno nella sua memoria questi due bambini dalla logica privata e inattaccabile, queste versioni di loro quasi irreali.

Poi il maggiore si contorce per sfilare le gambe da sotto la sbarra di ferro e si alza in piedi, fa oscillare la seduta. Forse non è quello il modo più adatto per buttarsi da una seggiovia, ma probabilmente è quello che gli risulta più naturale. Come tuffarsi.

Uto non vuole che se ne vada, ma non è capace di fermarlo. Il calore del contatto delle loro braccia si dilegua in un attimo: lui rimane paralizzato lassù. Gli sembra che gli alberi gli si stringano intorno; che la montagna gli stia per crollare addosso; che la pista si faccia sempre più lontana, e lui sempre più vicino al cielo. Gli sembra che non scenderà mai più.

Tutto questo mentre guarda Gesso volare, anche se quando sarà adulto sospetterà che quello che ha visto sia molto meno magico di quello che ha creduto di vedere. Rimane seduto sulla seggiovia per un tempo che non sa calcolare, che non saprà calcolare neppure quando da grande ci ripenserà, poi, segue il fratello.

Sa che gli ha detto di rimanere lì, ma si è convinto che la cosa migliore da fare sia imitarlo, perché la solitudine è più spaventosa della caduta.

Lui, il minore, si rompe una caviglia, il maggiore nulla. Quando si incontrano, faccia a faccia, guance nella neve, nessuno dei due piange.

Arriveranno i soccorsi, arriveranno i loro genitori, arriverà la corsia dell'ospedale, arriverà la notizia data su un quotidiano locale. Sdraiati su due barelle vicine, Uto gli chiederà perché l'ha fatto.

«Mi è sembrato di vedere un lupo» gli dirà Gesso. «Mi è sembrato che mi aspettasse».

Dopo

All'alba, avrebbero trovato per primo il lupo.

Un esemplare anziano, col pelo ingrigito, di grande stazza: il guardiaparco lo avrebbe riconosciuto come uno dei membri del branco che da un po' di tempo abitava le montagne. Non ci sarebbero state ferite né segni di lotta: la bestia si era sdraiata su un fianco sotto un grande albero, per lasciarsi morire di vecchiaia. Unica stranezza di questo comportamento, secondo il guardiaparco, era la scelta del luogo: addormentato incredibilmente vicino all'autostrada, alla presenza dell'uomo.

Qualche decina di metri più avanti avrebbero trovato il ragazzo, nella stessa posizione del lupo. Anche su di lui non ci sarebbe stato segno di lotta, nessuna ferita: a una prima occhiata, si sarebbe quasi potuto credere che dormisse.

L'autopsia avrebbe confermato la morte per ipotermia: un medico giovane e professionale avrebbe spiegato a Uto, alla madre e al padre il processo che aveva portato il corpo del ragazzo all'arresto cardiaco. Avrebbe raccontato di come il flusso sanguigno si fosse ritirato prima dalle zone periferiche, lasciando mani e piedi, braccia, gambe e migrando verso il centro del corpo per proteggere gli organi vitali. Avrebbe raccontato di come il freddo, dopo aver conquistato le estremità, si fosse preso tutto il resto.

Era possibile che per Gesso, avrebbe aggiunto, fosse stato un processo simile a prendere sonno: loro non sarebbero stati sicuri che fosse la verità, ma avrebbero deciso di crederci.

Nella tasca del giaccone del ragazzo avrebbero trovato un foglio piegato su sé stesso, ridotto quasi a un quadratino: sul foglio un disegno, in cui Uto avrebbe riconosciuto il profilo della macchina sotto cui si era sdraiato insieme al fratello, molti anni prima, in un museo, poco prima che la sicurezza arrivasse e li portasse fuori di peso. Non gli sarebbe rimasta nessuna parola scritta, niente di niente. Solo l'assenza di un fratello, il maggiore, che si era lasciato morire nella neve.

Gli anni poi sarebbero passati, e si sarebbero popolati di nuove persone, di nuovi suoni, lo scoppio degli applausi il giorno di una laurea in Medicina, la voce di un uomo che canticchia la mattina mentre taglia il pane e ci spalma sopra la marmellata, il suono della cascata in cui bagnare i piedi alla fine di una camminata, il rumore del motore di un'auto che viene riavviata dopo molto tempo, lo scroscio delle foglie di un albero monumentale che sarebbe rimasto lì dov'era, a sfidare il tempo degli esseri umani.

I giorni sarebbero passati, e tutti loro sarebbero stati chiamati ad andare avanti, a non fermarsi, a non voltarsi indietro. Così i morti avrebbero perso la partita contro i vivi, senza però scomparire mai davvero, aggrappandosi alla vita di quelli a cui appartenevano, a cui appartenevano *davvero*, e diventando la loro seconda ombra, il loro secondo nome, lo spazio che nessun altro avrebbe potuto occupare. Avanzando con loro.

Ringraziamenti

Questo libro è stato scritto, pensato e discusso in molti anni e quindi, di conseguenza, in molti posti diversi: le biblioteche Bava e Graf di Unito, le aule della Scuola Holden, i divani di Manituana, gli spazi della Fondazione Sandretto Re Rebaudengo, i tavoli di dieci04, un considerevole numero di bar e locali, qualche autogrill lungo l'autostrada, parecchie aule insegnanti delle scuole del Piemonte e della Valle d'Aosta, le città di Torino, Beinasco, Pietra Ligure, Rhêmes-Notre-Dame, Firenze, Venezia, Milano, Consandolo, Ascoli Piceno, Villa Pigna, Siracusa, in particolare via Puccini, via Buniva, via Reggio, via Balbo, via Cremona, via Barbaroux, via Saluzzo, via San Tommaso, via San Francesco da Paola, Strada Ciattalina, e almeno due automobili diverse.

Grazie a tutte le persone che hanno abitato questi posti con me e mi hanno ascoltata con pazienza.

Indice

Collana Bookclub

01 Katia Metelizza, *Il nuovo abbecedario russo*
02 Raffaella R. Ferré, *Inutili fuochi*
03 Caroline Lunoir, *La mancanza di gusto*
04 Sarah Braunstein, *Il dolce sollievo della scomparsa*
05 Riccardo Romani, *Le cose brutte non esistono*
06 Gabriele Romagnoli, *L'Artista*
07 Tupelo Hassman, *Bambina mia*
08 Raffaele Riba, *Un giorno per disfare*
09 Caleb Crain, *Errori necessari*
10 Céline Minard, *Per poco non ci lascio le penne*
11 Miguel Bonnefoy, *Il meraviglioso viaggio di Octavio*
12 Dan Crowe, *Interviste con il morto*
13 Brendan Behan, *Un irlandese in America*
15 Antoine Volodine, *Terminus radioso*
17 Fabrizio Patriarca, *Tokyo transit*
19 Paul Lynch, *Cielo rosso al mattino*
20 Rose Tremain, *Gustav Sonata*
21 Benjamin Markovits, *Esperimento americano*
23 Antoine Volodine, *Gli animali che amiamo*
25 Miguel Bonnefoy, *Zucchero nero*
27 Gianfranco Di Fiore, *Quando sarai nel vento*
29 Paul Lynch, *Neve nera*
30 Antonio Muñoz Molina, *Come ombra che declina*
31 Raffaele Riba, *La custodia dei cieli profondi*
32 Lionel Shiriver, *I Mandible. Una famiglia,* 2029-2047
33 Anthony Cartwright, *Il taglio*
34 Antoine Volodine, *Sogni di Mevlidò*
36 Antonio Muñoz Molina, *Il vento della Luna*
37 Gian Luca Favetto, *Si chiama Andrea*
39 Salvatore Scibona, *Il Volontario*
41 Lutz Bassmann, *Black Village*
42 Mark Z. Danielewski, *Casa di foglie*
43 Fabrizio Patriarca, *Tropicario italiano*
44 Cynan Jones, *La baia*
45 Paul Lynch, *Grace*

46 Alice Urciuolo, *Adorazione*
47 Lionel Shriver, *Proprietà*
48 Marco Lapenna, *Latitudine* 0°
49 Joan Silber, *Tutte le conseguenze*
50 Mark Z. Danielewski, *Lettere da Whalestoe*
51 Antoine Volodine, *Streghe fraterne*
52 Mario Fillioley, *Sesso più, sesso meno*
53 Miguel Bonnefoy, *Eredità*
54 Filippo Polenchi, *Figlio fortunato*
55 Sylvain Prudhomme, *Vite di passaggio*
56 Dario De Marco, *Alla ricerca della pizza perfetta*
57 Gabriella Dal Lago, *Uto e Gesso*

bookclub_le donne
01_14 Charlotte Rampling con Christophe Bataille, *Io, Charlotte Rampling*
02_22 Margo Jefferson, *Negroland*

bookclub_gli scrittori
01_16 Dany Laferrière, *L'Arte ormai perduta del dolce far niente*
02_18 Antoine Volodine, *Il post-esotismo in dieci lezioni, lezione undicesima*
03_24 Dany Laferrière, *Diario di uno scrittore in pigiama*
04_26 Heidi Julavits, *Tra le pieghe dell'orologio*
05_35 Dany Laferrière, *Sono uno scrittore giapponese*

bookclub_i racconti
01_28 A. Igoni Barrett, *L'amore è potere, o almeno gli somiglia molto*
02_40 Madeleine Thien, *Ricette semplici*

bookclub_la musica
01_38 Margo Jefferson, *Su Michael Jackson*

66thand2nd
via Marcello Malpighi, 12 A
00161 Roma
www.66thand2nd.com
facebook 66thand2nd Editore — twitter 66thand2nd
instagram 66thand2nd — info@66thand2nd.com

editing Alessandro Gazoia

direttore editoriale
Isabella Ferretti
direzione@66thand2nd.com

caporedattore
Maria Eleonora Cucurnia
redattore
Michele Martino
redazione@66thand2nd.com

ufficio stampa
Marco Scognamiglio
ufficiostampa@66thand2nd.com

commerciale
Antonia Conti
commerciale@66thand2nd.com

amministrazione
Gabriella Riso
amministrazione@66thand2nd.com

finito di stampare a Guidonia nel marzo 2022
dalla tipografia Arti Grafiche La Moderna srl
su carta Favini Shiro Echo in copertina
e Storaenso Fresia nell'interno